あかね淫法帖

若君の目覚め

睦月影郎

コスミック・時代文庫

あかね淫法帖
若君の目覚め

睦月影郎

コスミック・時代文庫

この作品はコスミック文庫のために書下ろされました。

目次

第一章　若君まぐわい指南

一

（今日も寝たきりか……。そろそろ起きて庭へでも出たいのだが、朱里《しゅり》と茜《あかね》が許してくれるだろうか……）

頼之《よりゆき》は目を覚まし、見慣れた天井を仰ぎながら思った。外は間もなく日が昇ろうとし、遠くから明け六つ（午前六時）の鐘《かね》の音が聞こえていた。

ここは神田《かんだ》にある田代藩《たしろはん》江戸屋敷。国許は常陸《ひたち》の筑波《つくば》で一万石。頼之は、藩主田代頼政《よりまさ》の一子で十八歳になる。

だが頼之は生来虚弱で、剣術の稽古《けいこ》どころかずっと寝たりきりで過ごし、頭だけは冴《さ》えているので横になったまま書物ばかり読んでいた。

それが二年余り前、筑波から朱里と茜という母娘《おやこ》が江戸屋敷に来てからというもの、国許で作られた秘薬と二人の世話により、頼之はみるみる回復していったのだ。

今では付き添われながらも、自分で立って厠《かわや》ぐらいは行けるようになり、食事も座して摂《と》れるようになっていた。

血色は良くなり気怠《けだる》さも消え、動きたくて仕方がなくなっている。

しかも、ここのところ毎朝のように、寝起きでは一物《いちもつ》が雄々《おお》しく屹立《きつりつ》しているのだった。

今も股間が熱く、じっとしていられないほど心身がモヤモヤしているのだ。

これが、淫気を催《もよお》すということなのだろう。

多くの書物を読み、朧《おぼろ》げながら子作りの仕組みも分かっている。

男の成り余れるところをもって、女の成り合わぬところへ刺《さ》し塞《ふさ》ぎて、というからには、この一物を女の陰戸《ほと》に挿し入れるということなのだろうが、陰戸がどういうものか全く分かっていない。

献身的な朱里や茜に頼めば見せてくれるかも知れないが、どうにも気恥ずかしくて口に出せないでいた。

と、そのとき軽い足音が聞こえ、当の朱里の声がした。

「若様、お目覚めでございますか」

「ああ、いま起きた」

答えると、静かに襖《ふすま》が開き、朱里が入ってきた。毎朝のことで、ぬるま湯を張った盥《たらい》と多くの白布を持っている。

まず寝起きに、頼之の全身を拭き清めるのが彼女の朝の勤めなのだ。

彼も身を起こし、自分で寝巻と下帯《したおび》を脱ぎ去ると、全裸になって再び仰向けになった。

「今朝もまた立派にお勃《た》ちでございますね。でも、まだ精汁は漏れていないようです」

朱里は、彼が脱いだ下帯の内側を確かめながら言った。

若く見えるが四十歳少し前、肉づきが良く色白で、頼之は密かに朱里が天女《てんにょ》の化身ではないかと思っている。

「精汁とは？」

「子種のことで、ゆばりと同じ穴から放たれるものです」

訊《き》くと、朱里が笑みを含んで答えた。

「なるほど、陰戸に挿し入れて精汁を放つのが子作りになるのか」

「左様でございます」

「ゆばりのように、出そうと気を込めれば精汁を放てるものか」

「いいえ、撫《な》で擦《こす》って心地よさが高まると放つのです。ときに、艶《なま》めかしい夢を見て自然に漏れることもありますが、まだないようですね。……ええ、でもそろそろ出してもようございましょう」

朱里が言い、おもむろに彼の股間に指を伸ばしてきた。

そして柔らかな手のひらでそっとふぐりを包み込み、二つの睾丸《こうがん》を手の中で転がしながら付け根を微妙に揉《も》んでから、さらに屹立した幹をやんわりと握ってきたのである。

「ああ、心地よい……」

頼之はうっとりと身を投げ出して喘《あえ》いだ。

いつものように、濡らした布で股間を拭かれる時も心地よかったが、直《じか》に手のひらや指で触れられると格段に快感が増した。

「強くありませんか」

「ああ、そのままで……」

彼は答え、ニギニギと愛撫されると息が弾み、次第にクネクネと身《み》悶《もだ》えしはじめていた。

「少しずつ濡れてきましたが、これは精汁ではなく、淫気が高まると滲《にじ》む先走りの液です。実際の精汁は乳のように白いのです」

朱里が囁《ささや》くと、頼之は堪《たま》らなくなり、彼女を抱き寄せた。

彼女も厭《いと》わず添い寝すると腕枕してくれ、なおも指の愛撫を続けた。

頼之は彼女の顔を引き寄せ、下からそっと唇を重ね合わせてみた。

口吸いという言葉は知っているが、実際にしてみて、激しく興奮し快感が高まることを身をもって知った。

すると触れ合ったまま朱里の口が開かれ、間からヌルリと舌が伸ばされて彼の歯並びが舐められた。

頼之も恐る恐る歯を開くと、朱里の舌が潜り込み、チロチロとからみついてきたのである。

熱い息が混じり合い、鼻腔《びこう》が湿った。

彼女の舌は生温かな唾液に濡れ、ネットリと滑《なめ》らかに蠢《うごめ》いた。

その間も一物は、指による愛撫が続けられ、頼之は身の内から何か熱いものが噴出しようとしている感覚に包まれた。

特に鈴口《すずぐち》の少し裏側の部分を指で擦られると心地よく、しかも張り出した雁首《かりくび》の傘も、彼の息遣《いきづか》いに合わせたように一定の強さでしごかれた。

「き、気持ちいい……」

すっかり高まって言うと朱里も口を離し、

「ご覧下さい。勢いよく飛びますよ」

熱い息で囁いた。

彼女の鼻から洩れる息はほとんど無臭だったが、口から吐き出される息は湿り気を含み、白粉《おしろい》のような甘い刺激で鼻腔が悩ましく掻き回された。

たちまち彼は、大きな快感の渦に巻き込まれ、

「アアッ……！」

喘ぎながら股間を見ると、鈴口から白く濁《にご》った大量の精汁が、勢いよくドクンドクンとほとばしり、彼の胸から腹を温かく濡らしたのだった。

朱里は添い寝しながら、出なくなるまで微妙に幹をしごき、ようやく彼がグッタリとなると、やんわりと腕枕を解いて身を起こした。

精汁が、微《かす》かに栗《くり》の花のように生臭く匂った。

「気持ちようございましたでしょう。これが気を遣《や》るということです」

彼女は言い、懐紙《かいし》で濡れた指を拭《ぬぐ》ってから、彼の肌に飛び散った分を丁寧に拭き清めた。

「ああ……」

頼之は魂《たましい》が抜けたように荒い呼吸を弾ませ、グッタリと身を投げ出した。息遣いと動悸《どうき》が治まらず、全身が心地よい脱力感に包まれている。

「ご気分は如何《いかが》ですか？」

朱里が、濡らした布で彼の股間を拭いながら言う。一物も、すっかり満足げに強《こわ》ばりを解いていた。

「ああ、何とも心地よく、まだ夢を見ているようだ……」

頼之は胸を上下させながら答えた。

なるほど、一物を陰戸に挿し入れて果てたなら、もっと心地よいことだろう。これほどの快感ならば、一人の姫君の取り合いで争いになったり城が傾くことも容易に頷《うなず》ける。

「朱里の陰戸を見てみたい……」

彼は、長く言いたくて言えなかったことを口にした。

「今はなりません」

朱里が、さらに全身を拭き清めながら答える。

「なぜ……」

「見れば入れたくなり、立て続けに気を遣ることになりましょう。まだお身体が万全ではないので、休息しなければなりません」

「ならば、いつなら良い」

「今宵《こよい》ならば、夕餉《ゆうげ》のあとにでも」

朱里が答えると、脱力感も去った彼自身は期待と興奮で再び勃起しそうになってしまった。

「それから、ご自身の指でしごいてはなりませんよ。病みつきになってはお体に障《さわ》ります。朝夕の、日に二回ぐらいがよろしいでしょう。私か茜に言えば、して差し上げますので」

朱里の言葉に、頼之は舞い上がった。

やがて全身を拭き終えると、彼は身を起こして新たな下帯と寝巻を着け、立って厠へ行った。

部屋へ戻ると朱里が朝餉《あさげ》の膳を運び、頼之は残さずに平らげた。

「一度、庭へ出たいのだが」

「ええ、そろそろよろしいでしょう。着替えを持って参りますので」

言うと朱里が答え、空膳を運んで出て行った。

そして彼女が戻ると頼之は着物に着替え、庭の散歩の前に父親の頼政と、江戸家老の杉田新右衛門《すぎたしんえもん》に挨拶《あいさつ》することにした。

頼之の生母はすでに亡く、彼が日頃接しているのは朱里と茜の母娘と、頼政と家老の四人だけであった。

二

「おお、すっかり起きられるようになったか。顔色も良いようだな」

三十八歳になる頼政が満面の笑みで言い、隣では初老の新右衛門が俯《うつむ》き涙ぐんでいた。

「そろそろ庭に出てみたいのですが」

「そうか、朱里が良いと言えば構わぬ。だが、いきなり無理せぬようにな」

「は……」

頼之は答えて部屋を辞すと、朱里とともに草履《ぞうり》を履《は》いて庭へ出てみた。

手入れされた庭に、井戸端《ばた》、厩《うまや》、侍長屋などを案内されて歩き回った。

夏の風が心地よく、蟬《せみ》の声が間近に聞こえ、仰ぐと空はどこまでも青く爽《さわ》やかだった。

庭では若侍たちが剣術の稽古をし、ふと手を休めて頼之の方を見た。

「若君のおなりです」

「ははッ……！」

朱里が言うと、一同は驚いたように膝を突いて平伏した。

家臣の誰もが、頼之は奥座敷で長く伏せっていると思い、ろくに顔を見たこともないのである。

「ああ、良い。袴《はかま》が汚れよう」

頼之は笑顔で気さくに言い、若侍たちも若君の回復に表情を和《やわ》らげた。

さらに彼はあちこち庭を周り、植木や池の鯉《こい》などを物珍しげに眺めた。

世は泰平、関ヶ原《せきがはら》から百年余り経った元禄《げんろく》十五年（一七〇二）夏。

もう大きな戦《いくさ》などはないだろうし、藩も安泰。頼政と、江戸と国許の家老が善政を敷き、頼之が藩主を継いだところで、大きな改革はなく、今までの仕事を引き継ぐだけだろう。

肝心なのは子を成すことだけである。

考えてみれば、額に汗して働いている人々に比べたら気楽なものだ。

しかし、だからといって頼之が無理に畑仕事などしたら周りの邪魔になるだけであろう。

人には、それぞれ役割というものがあるのだ。

藩主の子に生まれれば、するべきことは限られ、ならばそれを全《まっと》うするだけである。

頼之は歩き回りながら、今朝の快楽で頭が一杯だった。

朱里と舌をからめ、甘い息を嗅《か》いで唾液のヌメリを味わいながら精汁を放つ快感は、まるで極楽にいるような気分だった。

唐《から》の国に、風水という考え方がある。

人にとり最も大切な空気と水のことで、気脈水脈を調べ、幸運を招く方角や土地を定めるというものだ。

だが頼之は、自分にとっての回復と幸運の風水は、美女の匂いと体液のような気がした。

朱里と茜が身近に侍《はべ》るようになり、彼は格段の回復を遂げたのだから、あながち外れてはいないだろう。

そして頼之は、朱里の指で果てる以上に、陰戸に挿し入れて精を放つことへの憧《あこが》れだけが心を占めてしまったのだった。

（こういうのを、下々《しもじも》では何というのか。そう、色惚《いろぼ》けか……）

頼之は苦笑した。

しかし頼政は、今の頼之の歳で正妻を迎えているのである。

彼も体が丈夫になれば、すぐにも相手が決められることだろう。

どんな女だろうか。いや、その前に朱里や茜に、男女の交合のことを多く教えてもらいたかった。

子を成すのが最大の使命である以上、淫気を研ぎ澄ますことに何の遠慮があろうか。本を読み耽《ふけ》って知識を増やすのも楽しいが、今はとにかく女のことを知りたかった。

「そろそろお部屋へ戻りましょうか」

付き添っている朱里に言われ、頼之も素直に居室へと戻った。

「お疲れではありませんか」

「ああ、外は実に気分が良い」

言われて、再び寝巻に着替えながら彼は答えた。

「毎日、少しずつ外をお歩きになるとよろしいでしょう」

朱里は言い、部屋を下がっていった。

頼之は布団に座り、また書物を開いてみたが、なかなか集中できずに、ひたすら夜だけが楽しみだった。

そして昼餉は、茜が運んできてくれた。

「お庭へ出られたのですね」

茜が透き通った笑みを浮かべて言う。

朱里の娘で二十歳、母親に似た美形で、やはり若々しく、頼之と同い年ぐらいに見える。

「ああ、毎日出ようと思う」

「はい、それがよろしいでしょう」

「いずれ国許へも行ってみたい。茜は長く国許にいたのだな？」

「ええ、野山を駆けまわっておりました」

「そうか、良いな」

「お国許へ行く時は、私もご一緒しますね」

「ああ、そうしてくれ」

頼之は言い、あっという間に昼餉を済ませた。

半年ほど前から、すでに粥《かゆ》ではなく普通の食事だが、次第に用意されていた分では物足りなくなっている。

痩せ細っていた体も、徐々に肉がついてきたようだ。

それで寝てばかりの上、書物を読み耽って想像を豊かにしていたから、淫気が満々になるのも無理はないだろう。

今も茶を飲み終えると、ムラムラと股間が熱くなってきてしまった。

しかも目の前にいる茜に、言いようのない欲望を抱きはじめた。

朝に精を放ったが、やはり男というものは相手が変わると新たな淫気が湧くものなのだろう。

朱里には、せめて朝夕に一度ずつが良いと言われていたが、まさか母娘でそうした話をしているとも思えない。

「どうなさいました?」

「いや、実は一物が硬くなって難儀している……」

「まあ、朝に抜いたのでは?」

「し、知っているのか……」

茜に言われ、頼之は目を丸くした。

「ええ、母から聞きました。次は夜にということですが」

茜が言い、その表情に変わりはない。

前から不思議な雰囲気を持つ二人と思っていたが、そうした話も普通に母娘で交わしているようだ。

「そうか……。では夜まで我慢せねばならぬか……」

頼之は言い、悶々《もんもん》として俯いた。

「でも、十八まで一度もせず、今朝初めて出したのだから無理もありません」

「で、では……」

茜の言葉に、彼は期待を込めて身を乗り出した。

「ええ、何でも、過ぎるのは良くありませんね。出しすぎるのも、我慢しすぎるのも」

茜は言い、空膳を隅に押しやると、

「どうぞ、横に」

「いいのか……」

頼之は仰向けになりながら、期待と興奮に胸を震わせた。

「ええ、母には内緒ですよ」

茜は悪戯《いたずら》っぽい笑みを含んで彼の裾《すそ》を開き、下帯を取り去ってしまった。するとピンピンに勃起した一物が雄々しく天を衝《つ》いた。

「綺麗な色……」

茜は見下ろして言い、そっと指を添えて完全に包皮を剝《む》くと、ツヤツヤと光沢を放つ亀頭を露出させた。

「あ、茜の陰戸も見たい……」

「それはなりません。手ほどきは母と約束したようですから、それは夜まで我慢して下さいませ」

「ならば、せめて添い寝を」

言うと茜も横になってくれたので、頼之は甘えるように腕枕してもらった。

顔を引き寄せると、茜の方からピッタリと唇を重ねてくれ、彼は自分から舌を挿し入れ、滑らかな歯並びを舐めた。

すぐに茜も舌を伸ばし、チロチロと滑らかに搦《から》めてくれ、彼は朱里とは微妙に異なる、野山の果実のような匂いの吐息と、生温かな唾液のヌメリをすすってうっとりと酔いしれた。

しかし茜は、そっと一物に触れているだけで、一向に指を動かしてくれない。

それでも頼之は、茜の熱く甘い吐息の刺激と、舌の蠢きと唾液を心ゆくまで味わいながら高まっていった。

三

「も、もっと唾《つば》を……」

唇を触れ合わせたまま囁くと、茜もためらいなくトロトロと生温かな唾液を注ぎ込んでくれた。

頼之は小泡の多い美女の唾液を味わい、うっとりと喉を潤《うるお》した。

美女の吐息を嗅いで唾液を飲み込むと、全身に元気と淫気が充《み》ち満ちてくるようだ。

普通、若君の口に唾を注ぐなど考えられないかも知れないが、そこは茜も朱里も、普通の侍女たちとは雰囲気を異にしている。

しかし、いくらせがむように幹をヒクつかせても、茜はやんわり握ったまま動かそうとしてこない。

「いじってくれ……」

腰をよじらせて言うと、茜は腕枕を解いてそっと身を起こした。

「指より、もっと気持ち良いことをして差し上げます」

茜は言うなり彼の股間に回り込み、屈《かが》み込んできた。さらに、何と彼の両脚を浮かせ、まずは尻の谷間に顔を迫らせたではないか。

チロチロと谷間に舌が這い回ると、

「あう、茜……」

頼之は驚き、震えるような心地よさに呻《うめ》いた。

茜は熱い鼻息でふぐりをくすぐりながら厭わず肛門を舐め回し、ヌルッと舌を潜り込ませてきたのだ。

「く……。そんな、犬のようなことを……」

彼は呻いて言ったが、屋敷から出ていないので犬を見たことはなく、全て本で読み知っただけである。

茜は内部でチロチロと舌を蠢かせ、頼之はキュッキュッと肛門で美女の舌を締め付けた。一物は内側から刺激されるようにヒクヒクと震え、鈴口からは粘液が滲んできた。

ようやく舌を離した茜は彼の脚を下ろし、そのままふぐりにしゃぶり付いてくれた。

熱い息が股間に籠もり、二つの睾丸が舌で転がされると、彼はここも言いようのない快感があることを知った。

やがて袋全体が温かな唾液にまみれると、さらに茜は前進し、肉棒の裏側をゆっくり舐め上げてきたのだ。

「ああ……」

頼之は快感に喘ぎ、幹を震わせながらされるままになった。

滑らかな舌が裏筋を通り、先端まで達した。確かに指より格段に気持ちの良い愛撫だが、これは誰でもすることなのかどうか、今まで読んだ書物には書かれていない。

茜はそっと幹に指を添え、粘液の滲む鈴口をチロチロと舐め回し、張り詰めた亀頭を咥《くわ》えてきた。

そのまま丸く開いた口でスッポリと喉の奥まで呑み込むと、彼自身は温かく濡れた快適な口腔に納まった。

恐る恐る股間を見ると、茜は上気した頰をすぼめて吸い付き、モグモグと口で幹を締め付けていた。熱い鼻息が恥毛をそよがせ、口の中ではネットリと舌がからみついてくる。

ゆばりを放つところをしゃぶって嫌ではないのだろうか。

そんな思いも、溶けてしまいそうな快感に押し流されていった。

茜の舌がチロチロと左右に蠢き、鈴口の少し下の部分を探られると急激に絶頂が迫ってきた。

快感に任せ、思わずズンズンと股間を突き上げると、

「ンン……」

茜が小さく鼻を鳴らし、自分も合わせて顔を上下させ、スポスポと濡れた口で強烈な摩擦を開始してくれた。

その間も、指先がサワサワとふぐりをくすぐり、たちまち頼之は昇り詰めてしまった。

「き、気持ちいい……。アアッ……！」

大きな絶頂の快感に全身を貫かれて喘ぐと同時に、ありったけの熱い精汁がドクンドクンと勢いよくほとばしり、美女の喉の奥を直撃した。

女の口を汚《けが》して良いのだろうかという禁断の思いも、たちまち激しい快感に掻き消されていった。

「ク……」

茜は噴出を受けながら微かに呻き、なおも頬をすぼめてチューッと吸引してくれたのだ。

「ああ……」

舌の蠢きと摩擦も続行され、彼は魂まで吸い取られるような快感に喘ぎ、心置きなく最後の一滴まで出し尽くしてしまった。

すっかり満足しながら頼之がグッタリと硬直を解いて身を投げ出すと、ようやく茜も動きを止め、口に溜まった大量の精汁をゴクリと一息に飲み干してくれたのだ。

「あう……」

喉が鳴ると同時に茜の口腔がキュッと締まり、彼は駄目押しの快感に呻いて幹を震わせた。

やがて茜は吸い付きながらチュパッと口を離し、なおも幹を微妙にしごきながら、鈴口から滲む余りの雫《しずく》まで丁寧に舐め取ってくれた。

「く……。も、もういい……」

頼之が腰をよじって言い、過敏に幹をヒクつかせると茜も指を離してくれた。

拭き清めなくても、全て茜に吸い取られたようだ。

「沢山《たくさん》出ましたね」

彼女が添い寝して囁き、頼之の荒い呼吸が治まるまで腕枕してくれた。

「飲んでしまったのか。大丈夫か」

「毒じゃありません。生きた子種ですから」

茜が言い、彼は朱里に指でしてもらったとき以上の感激に包まれた。

そして余韻に浸りながら茜の息を嗅ぐと、精汁の生臭さは残っておらず、さっきと同じ悩ましい果実臭の刺激が含まれていたのだった。

四

（さあ、いよいよか……）

湯浴《ゆあ》みも夕餉も済ませ、頼之は激しい期待に胸を震わせていた。

朝と昼に精汁を放ったが、午睡《ごすい》を取ったのですっかり心身は回復し、すでに激しく勃起していた。

確かに、病みつきになりそうな快感だから、相手さえいれば際限なくしてしまいそうである。

もちろん体調に変化はなく、むしろ今すぐ婚儀が調《ととの》っても、敢然《かんぜん》と子作りに励めそうだった。

間もなく部屋に、寝巻姿の朱里が入って来た。

手には、いつものように湯を張った盥と布が用意されている。事後の始末に使うのか、朝とは違う雰囲気に彼の興奮が増した。

茜ともしたいが、やはり最初は天女のように色白豊満の朱里に手ほどきされたかったのだ。

「ご気分は如何ですか」

「ああ、待ち切れない……」

答えると、頼之は自分で寝巻と下帯を脱ぎ去って全裸になった。

「では、ご存分に」

朱里も言い、よく見えるようにするためか、いくつかの行灯《あんどん》を布団の周囲に引き寄せてから、帯を解いてサラリと寝巻を脱ぎ、一糸《いっし》まとわぬ姿で布団に身を横たえた。

「どのようにすれば……」

「まずは、お好きなように」

朱里が答え、仰向けになって惜しみなく熟れ肌を晒《さら》した。

見下ろすと、何とも豊かな白い乳房が息づいている。

隅々の観察は後回しにし、頼之は吸い寄せられるように乳房に顔を埋《うず》め込んでいった。

チュッと乳首に吸い付いて舌で転がし、顔中を豊かな膨《ふく》らみに押しつけると、心地よく柔らかな弾力が伝わってきた。

透けるように白い肌が甘く匂い、彼は左右の乳首を交互に含んで舐め回し、充分に味わった。

幼い頃すでに母は亡く、乳母《うば》の乳を吸った記憶はあるが朧げだった。今は吸い付きながら、赤子の気分ではなく、激しく勃起しながら熟れた女体を貪《むさぼ》っているのである。

そして女の匂いを求めるように、朱里の腕を差し上げ腋《わき》の下に鼻を埋め込んでいった。柔らかな腋毛に鼻を擦りつけると、甘ったるい汗の匂いが馥郁《ふくいく》と胸を満たしてきた。

若君に交合の手ほどきをするのに、あえて身を清めてこなかったのは、女の匂いまで含めて教えようとしているのかも知れない。

もちろん頼之も、女体の自然のままの匂いを知りたかったので、朱里は彼の気持ちをよく分かっているのかも知れない。

汗の匂いを含む濃厚な体臭でうっとりと胸を満たすと、頼之は滑らかな熟れ肌を舐め下りていった。

形良い臍《へそ》を探り、張り詰めた下腹に顔中を押し当てて弾力を味わうと、彼は豊満な腰から脚を舐め下りていった。

陰戸を見るとすぐ入れたくなり、あっという間に済んでしまう気がしたのだ。しかし朱里が身を投げ出し、好きにして良いと言っているので、この際だから女体を隅々まで探り、陰戸は最後にしようと思った。

太腿をたどり、丸い膝小僧を舐め下り、滑らかな脛《すね》に舌を這わせると僅《わず》かな体毛が感じられた。

そして足首まで下りて足裏に回ると、彼は厭わず踵《かかと》から土踏まずを舐め、形良く揃った足指に鼻を押し当てた。

何をされても朱里は拒《こば》まず、じっと身を投げ出してくれている。

頼之も、舌で女体の全てを探りたくて、心の赴《おもむ》くままに行動した。

指の股には蒸《む》れた匂いが悩ましく籠もり、彼は興奮を高めながら匂いを貪り、爪先にしゃぶり付いてしまった。

順々に指の股に舌を割り込ませると、

「あう……」

朱里が微かに呻き、ピクンと脚を震わせて反応した。

頼之は、両足とも全ての指の股を舐め、味と匂いを貪り尽くしてしまった。

「背中も見たい」

顔を上げて言うと、朱里もすぐ寝返りを打ってうつ伏せになってくれた。

彼は朱里の踵から脹《ふく》ら脛《はぎ》をたどり、汗ばんだヒカガミから太腿、尻の丸みを探っていった。

もちろん尻の谷間は後回しで、腰から滑らかな背中を舐め上げていくと、

「く……」

くすぐったいのか、朱里が顔を伏せたまま小さく呻いた。

頼之は肩まで行って髪の匂いを嗅ぎ、蒸れた耳の裏側も嗅いで舐めると、再び

背中を舐め下りていった。

たまに肉づきの良い脇腹にも寄り道してから尻に戻ると、彼は朱里をうつ伏せのまま股を開かせた。

指で豊満な双丘を広げると、奥には薄桃色の蕾《つぼみ》がひっそり閉じられていた。

頼之が茜に舐められ、激しく感じた部分である。

鼻を埋め込んで嗅ぐと、顔中に弾力ある尻が密着し、蕾に籠もって蒸れた匂いが鼻腔を悩ましく刺激してきた。

貪るように嗅いでから舌を這わせ、細かな襞を濡らすと自分が茜にされたようにヌルッと潜り込ませてみた。

「あう、若様……」

朱里が呻いて言ったが、やはり拒みはせず好きにさせてくれ、キュッと肛門で舌先を締め付けてきた。

頼之が舌を蠢かせ、滑らかな粘膜を探ると淡く甘苦い味わいが感じられた。

執拗《しつよう》に舌を蠢かせていると、

「も、もう……」

朱里が言って再び寝返りを打ってきたので、彼も顔を上げて彼女の片方の脚をくぐった。

彼女が完全に仰向けになると、頼之は白くムッチリと量感ある内腿を舐め、いよいよ股間に顔を迫らせていった。

見ると、ふっくらした丘には黒々と艶《つや》のある恥毛が柔らかそうに茂り、割れ目からは薄桃色の花びらがはみ出していた。

「ああ、これが陰戸なのか……」

彼は股間に籠もる熱気と湿り気を感じながら、感激に包まれて言った。

「中は、このように……」

朱里が言って、両の人差し指を割れ目に当て、グイッと花びらを左右に広げてくれた。すると微かにクチュッと湿った音がして中身が丸見えになり、彼は顔を寄せて目を凝《こ》らした。

中も綺麗な薄桃色の柔肉で、全体がヌラヌラと潤い、奥には花弁状に襞の入り組む膣口が息づいていた。

ここから、かつて茜が生まれ出てきたのである。

膣口の少し上には、ポツンとした尿口の小穴も確認でき、さらに上には、これがオサネというのだろう、小指の先ほどの光沢ある突起が認められた。

「この穴に、一物を挿し入れるのですよ」

朱里が、膣口を指して静かに言う。

「分かった。だが入れるのは、もう少しあとにしたい」

頼之は答えると、もう堪らず、頼之は勝手に体が動くように、朱里の股間に顔中を埋め込んでしまった。

朱里は拒まず、されるままになっている。

恥毛に鼻を擦りつけると心地よい感触が伝わり、隅々に蒸れて籠もった汗とゆばりの匂いが悩ましく鼻腔を満たしてきた。

何という艶めかしい匂いだろうか。

もちろんゆばりを放つ不浄《ふじょう》の場所という気持ちは微塵《みじん》もなく、彼は貪るように嗅ぎながら舌を這わせていった。

膣口の襞をクチュクチュ掻き回すと、大量のヌメリは淡い酸味を含み、舌の蠢きを滑らかにさせた。そして柔肉をたどって味わいながら、ゆっくりとオサネまで舐め上げていくと、

「アアッ……！」

朱里が熱く喘ぎ、内腿でキュッと彼の両頬を挟み付けてきた。

頼之は心地よい窒息感に噎《む》せ返りながら、最も反応が激しいオサネを執拗に舐め回しては、新たに溢れる淫水をすすった。

「さあ、もうよろしいでしょう。充分に濡れたので、滑らかに入ります」

朱里が言い、彼も顔を上げた。

「入れる前に、一物も舐めて濡らしてほしい……」

胸を高鳴らせて言うと、朱里が応じるように身を起こしてきたので、彼は入れ替わりに仰向けになった。

股を開くと彼女は真ん中に陣取って腹這い、まずは胸を突き出して豊かな乳房の谷間に肉棒を挟み付け、両側から揉んでくれた。

「ああ、心地よい……」

頼之は柔肉に挟まれて喘ぎ、肌の温もりに包まれて悶えた。

朱里は、強ばりの高まりを測るように乳房の谷間で揉んでから、屈み込んで濡れた鈴口をチロチロと舐め、そのままスッポリと喉の奥まで深々と呑み込んでいった。

熱い息で恥毛をくすぐり、幹を締め付けて優しく吸い、口の中ではクチュクチュと舌がからみついてきた。

「アア……」

頼之は快感に声を洩らし、温かな唾液にまみれた幹を震わせながら、ズンズンと股間を突き上げた。やはり茜の口の中とは微妙に感触や温もりが異なるが、どちらも心を溶かすような快感だった。

朱里も何度か顔を上下させ、スポスポと摩擦してくれたが、やがてスポンと口を離して顔を上げた。

「さあ、そろそろお入れ下さいませ」

「しゅ、朱里が上から跨《また》いで入れてほしい……」

言われると、頼之は豊満美女の重みと温もりを全身で受け止めたくて言った。

すると、朱里も身を起こして前進し、彼の股間に跨がってきたのである。

五

「いいですか？　私は何でもして差し上げますが、やがてご正室様をお迎えしたら、ちゃんとご自身が上になるのですよ」

「ああ、分かった」

頼之が答えると、朱里は唾液に濡れた先端に割れ目を押し当て、ゆっくりと腰を沈み込ませていった。

張り詰めた亀頭が潜り込むと、あとはヌルヌルッと滑らかに根元まで呑み込まれてしまった。

「く……」

彼は、あまりの快感に奥歯を嚙み締めて暴発を堪《こら》えた。

それほど肉襞の摩擦と温もり、締め付けと潤いが口でしゃぶられる以上に心地よかったのである。

もし今日、朝と昼に抜いていなかったら、挿入されただけであっという間に果ててしまっていたことだろう。

「アア、若様の初物を頂いてしまいました……」

朱里も熱く喘ぎ、股間をピッタリと密着させたまま、しばし顔を仰《の》け反《ぞ》らせて味わうようにキュッキュッときつく締め上げてきた。

そして彼女がゆっくり身を重ねてくると、頼之の胸に豊かな胸が心地よく押しつけられて弾んだ。

頼之が下から両手でしがみつくと、朱里も彼の肩に腕を回してきた。

望み通り重みと温もりを受け止めると、じっとしていても息づくような収縮にジワジワと絶頂が迫ってきた。

朱里の顔を引き寄せると、彼女も上からピッタリと唇を重ねてくれ、すぐにも互いの舌がからみ合った。

熱い息を混じらせて長い舌を蠢かすと、下向きの彼女の口からトロトロと生温かな唾液が滴《したた》ってきた。

頼之が味わい、うっとりと喉を潤すと、朱里も察したように、ことさら多めに注ぎ込んでくれた。

無意識にズンズンと股間を突き上げはじめると、朱里も徐々に合わせて腰を遣いながら、唾液の糸を引いて口を離した。

「膝を立てて下さいませ。動きすぎると抜けることがありますので」

朱里が囁き、彼も膝を立てて彼女の豊満な尻と内腿を支えた。

そして熱く湿り気ある、白粉臭の吐息を嗅ぐと急激に快感が高まった。

「い、いきそう……」

「構いません。いっぱい中にお出し下さい」

口走ると朱里が甘い息で答え、彼も激しく股間を突き上げはじめた。

朱里も抜けないよう巧みに動きを合わせ、大量の淫水を漏らすと、溢れた分が生温かくふぐりの脇を伝いながら、彼の肛門まで心地よく濡らしてきた。

互いの動きに合わせ、ピチャクチャと淫らに湿った摩擦音が響いた。

頼之が朱里のかぐわしい口に鼻を押し込み、白粉臭の刺激を胸いっぱいに嗅ぐと、彼女も舌を這わせ、彼の鼻の穴をヌルヌルにしてくれた。

「い、いく……。アアッ……！」

たちまち彼は、唾液と吐息の匂いと肉襞の摩擦に包まれて喘ぎ、激しく絶頂に達してしまった。

同時に、熱い大量の精汁がドクンドクンと勢いよくほとばしり、

「アアーッ……！」

朱里も噴出を感じると同時に気を遣ったように喘ぎ、ガクガクと狂おしい痙攣《けいれん》を開始したのだ。

膣内の収縮と潤いが格段に増し、頼之は心ゆくまで快感を嚙み締め、最後の一滴まで出し尽くしていったのだった。

「ああ、何と心地よい……」

すっかり満足しながら彼は喘ぎ、徐々に突き上げを弱めていった。

朱里も熟れ肌の強ばりを解き、力を抜いてグッタリともたれかかった。

まだ膣内はキュッキュッと名残惜《なごりお》しげな収縮を繰り返し、刺激された肉棒が内部でヒクヒクと過敏に跳ね上がった。

「あう……」

朱里も敏感になっているように呻き、幹の震えを抑え付けるようにキュッときつく締め上げてきた。

頼之は完全に動きを止め、朱里の重みと温もりを受け止め、悩ましい刺激を含んだ吐息を嗅ぎ、胸を一杯に満たしながら、うっとりと快感の余韻に浸り込んでいった。

しばし互いに重なったまま荒い呼吸を整えていたが、やがて朱里が囁いた。

「さあ、これが情交なのですよ。次は上になって本手《ほんて》（正常位）を覚えて下さいましね」

「ああ、分かった……」

彼も脱力しながら答えた。

ようやく朱里がそろそろと身を起こし、股間を引き離すと懐紙を手にして割れ目に当てた。そして手早く陰戸を始末してから、濡れた手拭いで彼の股間を拭き清めてくれた。

「これで、ぐっすりおやすみになれるでしょう」

頼之が新たな下帯と寝巻を着て横になると、朱里が薄掛けを掛けてくれながら言う。

「明日、もしご気分が良ければ、少し町へ出てみますか」

「本当か」

「ええ、殿様にお許しを得ますので」

「それは嬉《うれ》しい」

彼が胸を弾ませて言うと、朱里は行灯を消して静かに出て行ったのだった。

――翌朝、頼之はいつものように快適に目覚めた。

しかも昨夜は女体の仕組みを知り、交接を体験して大人になったのだ。

と、そこへ朱里が入ってきた。

「ご気分は如何ですか」

「ああ、楽しみでじっとしていられぬ気分だ」

彼は答え、寝巻と下帯を脱ぎ去り、勃起した一物を露《あら》わにした。

愛撫をせがむように幹をヒクつかせると、

「今日はいけません。お身体を拭くだけです」

朱里は、盥のぬるま湯に手拭いを浸して答えた。

「なぜだ」

「お外へ行くのですから、力を貯めておきませんと」

「少し歩くぐらい大事ない」

「いいえ、昨日茜にも抜いてもらったのでしょう。昨日三度も出したのですから多ございます」

どうやら朱里は知っていたようだ。茜が言ったのか、あるいは朱里は何でもお見通しなのかも知れない。

「その代わり、夜をお楽しみになさって下さいませ」

「あ、ああ……」

頼之は素直に答え、やがて全身を拭き終えると、朱里は彼を着替えさせて出ていった。そして間もなく朱里が戻り、朝餉が運ばれてきた。

「お殿様もご家老様も、町へ出ることを許して下さいました。私と茜がついていれば大丈夫だと」

「そうか、良かった」

「お昼は外で済ませましょうか」

「ああ、そうしよう」

言われて、朝立ちの勢いのまま悶々としていた頼之も、外へ出る嬉しさに心が浮かれてきた。

やがて朝餉を済ませると、頼之は厠と洗顔、房楊枝《ふさようじ》で歯を磨いて部屋に戻り、着物と袴に着替えた。あまり華美な柄物の衣装ではなく、目立たぬよう地味な装いである。

大刀は負担になるので、脇差のみ帯びた。

そして頼之は頼政と新右衛門に挨拶してから、朱里と茜の母娘ともに屋敷の外へ出た。

「お疲れになったら、いつでも仰《おつしや》って下さいませ」

朱里が言い、頼之も生まれて初めて屋敷町の道を歩いた。

ピーと声がしたので、彼は空を仰いだ。

「あれは鳥か」

「はい、トンビです」

訊くと、茜が答えた。

陽射しの下で見る母娘の顔は、さらに艶《あで》やかだった。

「あれが、もしや犬か」

「そうです。そして塀の上にいるのが猫」

動くものを見て言うと、朱里が答え、母娘は目につく木々や花の名を一つ一つ教えてくれた。

やがて町家へ出ると、米屋、古着屋、瀬戸物屋などの商家が軒を並べ、多くの人が賑《にぎ》やかに行き交っている。

子供が駆け回り、人々は商家を覗《のぞ》いては何か買い、商人は銭を受け取ると愛想笑いを浮かべて頭を下げていた。

書物では知っていたが、実際に金を払って物を買う姿も、生まれて初めて外に出た頼之には物珍しかった。

「すごい人だな。話に聞く祭りでもあるのか」

「いえ、秋祭りはもう少し先です。町はいつも、これぐらいの人が歩いているのですよ」

頼之は二人と話し、天秤棒《てんびんぼう》を担いで通る魚や野菜の物売りたちを避けながら歩いた。

物売りは、金魚、風鈴《ふうりん》、団扇《うちわ》などそれぞれで、ときには道具箱を担いだ大工やしかめっ面《つら》をした武士も歩いていた。

と、絵草紙屋《えぞうしや》があったので頼之は覗いてみた。

役者絵や絵草紙などの他に、裸の女を描いた春画なども置かれている。

店の奥の方には、陰戸を丸出しにし、あられもない姿で男根を弄《もてあそ》んでいる絵や本などもあるではないか。

少々、陰戸も男根も誇張されている気がしたが、多くの戯《たわむ》れや交接の体位には激しい興味が湧いた。

「これが欲しい、あれもだ。良いか」

「はい、学問ばかりでなく、隠れて読む本も世を知るには大切です」

頼之が言うと、朱里が応えて店主に言いつけた。

「では、これを全部」

「へ、へえ……。有難うございます」

言われて、中年の店主は多くの春本《しゅんぽん》を選んで金を払う美女たちに戸惑いながら答えた。

　すると茜が懐中から風呂敷《ふろしき》を出し、買った本をまとめて包んで抱えた。

「お疲れでなければ、明神《みょうじん》様まで行ってみましょう」

　朱里が言う。

　もちろん頼之も疲れどころか、好奇心いっぱいに周囲を見ながら神田明神を目指したのだった。

第二章　国許への目眩《めくるめ》く旅

一

「あれは何をやっているのか」

神田明神でお詣《まい》りを済ませた頼之は、境内《けいだい》の奥の人だかりを見て言った。団子屋《だんごや》や甘酒売りなどの店が並ぶ奥に広場があり、そこに参拝の人々が集まっていたのだ。

「見世物《みせもの》ですね。行ってみましょう」

朱里が応え、三人で奥へと行った。

すると、人だかりの真ん中で、何人かの人が芸を披露《ひろう》していた。美女たちによる手裏剣《しゅりけん》投げや、とんぼ返りなどの軽業、大小の独楽《こま》を回して操《あやつ》るものや手妻《てづま》、刃渡り三尺（約九十一センチ）余りもある長刀を素早く抜いて納める居合抜きなどが行われ、そのたびに観客たちがやんやの喝采《かっさい》を送り、投げ銭を与えていた。

頼之は物珍しげに見て回り、朱里と茜も、常に彼の顔色や仕草を見て疲れていないか気にかけていたようだが、次第に心配もしなくなっていった。

それほど彼は見るものが何もかも新鮮で、足を止めることなく好奇の眼差《まなざ》しを周囲に向けていたのだ。

「少し休みましょうか」

境内を抜けると朱里が言い、神田川の畔《ほとり》にある水茶屋に立ち寄った。

赤い毛氈《もうせん》の敷かれた縁台に三人で座ると、すぐに見目麗《みめうるわ》しい娘が茶を運んできた。店内は割に混んでいて、奥からは酔っているような男たちの声も聞こえている。

水茶屋といっても水を出すわけではなく、茶菓子や、ときには酒も提供し、働いている美女を眺めるような場所である。

頼之も茶を飲んで団子を食い、すっかり外の眺めを堪能した。

「もう少ししたらお昼にしましょうか。何がよろしいですか」

「ああ、蕎麦《そば》切りというものを食べてみたい」

朱里に訊《き》かれ、頼之は本で呼んだ蕎麦を所望した。

「ようございます」

彼女は言い、茜と目を見合わせてクスッと笑った。もっと良いものを言えば良いのにといった感じである。

やがて休息を終えると、朱里が金を払って三人は腰を上げた。

と、そのとき奥から二人の大男が出てきて母娘《おやこ》に目を留めた。

「おお、これは美形。酒に付き合ってくれぬか」

濁声《だみごえ》で、乱杭歯《らんぐいば》を覗《のぞ》かせて言う。

二人とも昼から酒が入っているらしく、もみあげから顎《あご》まで髭《ひげ》の繋《つな》がっている町奴《まちやっこ》たちらしい。

「な、良いだろう。小僧はどこかへ失せろ」

一人が言って茜の腕を摑《つか》んだ。

「気安く話しかけるな、下郎《げろう》」

茜が言うなり、男の手首を摑んで引き離した。

「な、何だと、この女……。い、いてて……!」

手首を捻《ひね》られた男が火傷《やけど》でもしたように顔をしかめ、余った手で茜に殴りかかってきた。

するとと、頼之が息を呑む間もなく茜がくるりと身を捻ると同時に、大男が軽々と宙に舞ったではないか。茜は、春本《しゅんぽん》の包みを抱えたままだから、腕一本による大技である。

「うわ……！」

男が呻《うめ》き、まるで物語に出てくる竜巻《たつまき》にでも巻き上げられたように見事に一回転して川面《かわも》に叩きつけられていた。

「な、何しやがる」

残る一人が気色《けしき》ばんで言い、今度は朱里に摑みかかったが、同じく朱里が鮮やかに舞うなり、男は手足をばたつかせながら鞠《まり》のように飛んでいき、激しい水音を立てていた。

これには頼之のみならず、茶店にいた多くの人たちが目を丸くした。

「ど、どこのご家中だ……」

そんな声が聞こえ、どうやらさっきから水茶屋の奥で酔って騒いでいた町奴たちだから、誰もが胸のすく思いだったようだ。

「さあ、参りましょう」

何事もなかったかのように朱里が笑みを含んで言い、頼之も茜と一緒に歩きはじめた。

恐る恐る川を振り返ると、二人の大男は濡れ鼠《ねずみ》になり、何か怒鳴りながら向こう岸に這い上がっていくところだった。

「あ、あれは話に聞く、やわらという武術か」

「ええ」

興奮冷めやらぬ頼之が訊くと、朱里と茜が答えた。

「それにしても、すごい……」

彼は、たおやかな母娘の強さを知って舌を巻いていた。

「いったい、いつ武術の稽古《けいこ》を……？」

「武術と言うよりも、そもそも私たちは武家ではありません」

「なに」

「これは殿様とご家老様しか知らぬことですが、若様なら構いませんでしょう。私たちは、筑波山中にある素破《すっぱ》の里の出なのですよ」

「す、素破……。そのようなものが今も……」

頼之は、書物で読んだ忍者の話を思い出して言った。

「ええ、私たちは昔から田代藩にお仕えし、泰平が続こうと、今も里では鍛錬《たんれん》を欠かしていないのです」

朱里の言葉に頼之も、いくつか納得することがあった。

母娘がいれば外出も安心という、父や新右衛門の言葉があったこと。

そして素破というものは家臣の忠誠心とは微妙に違う心根を持っているから、言われたことには何でも応じ、足裏や陰戸《ほと》を舐めさせることも厭《いと》わなかったのだろう。

確かにこの母娘は、他の女中たちとは違う雰囲気が感じられたが、それは武士とは生き様の異なる素破だったからだ。

「生まれた時から鍛錬と薬草の知識を磨き、生き延びて十八になると初めて外の世界に出られるのですよ」

朱里が言うと頼之も改めて、神秘の技を持った美しい母娘を見た。

「では、境内での見世物などは」

「ええ、あれぐらい私たちは造作もなく」

茜も答え、頼之は感心することしきりだった。

やがて帰り道に三人で蕎麦を食い、すっかり外を堪能した頼之は、昼過ぎに田代藩の上屋敷に戻ったのだった。

まず、彼が父と新右衛門に無事に戻った挨拶《あいさつ》をすると、母娘も同席させて頼政が言った。

「国許から報《しら》せが届いた。以前より、お前の虚弱が快方に向かっているとの書状を出していたが、その返事である」

言う頼政は上機嫌である。

「実は、お前の婚儀が決まった」

「え……」

言われて、頼之は顔を上げた。

「かねてから親交のある隣の松崎《まつざき》藩の姫をもらうこととなった」

松崎藩は田代藩と同じ一万石だが、やや格下、以前から作物のやりとりなどの交流も深い藩である。

「それは、お目出度《めでと》うございます」

朱里が笑みを浮かべて言い、茜も頭を下げた。

「十八になる、菜月姫《なつきひめ》という。ついては、お前も外に出られるほど回復したのだから、すぐにも姫を江戸へ呼びたいが、どうか」

頼之は、少し考えてから答えた。

「一つ、お願いがございます」

「おお、何か」

「姫を迎えかたがた、一度、国許へ参りたいのですが」

「何、大丈夫か……」

「私がおとも仕《つかまつ》ります」

頼政が心配そうに言うと、茜が平伏して言った。

「そう、茜が一緒なら安心だが……。確かに、今後とも行き来せねばならぬことだ。姫を座して待つより、迎えに行く方が形になるやも知れぬ」

頼政が答え、すぐにも書状を書くよう新右衛門に言いつけた。

「お許し願えますか」

「分かった。すぐにも手配しよう」

言われて、頼之は感激に胸を膨《ふく》らませて頭を下げたのだった。

部屋に戻ると彼は着替え、初めての国許に思いを馳《は》せた。

そしてまだ見ぬ正室の顔をあれこれ想像し、いつしか激しく股間を熱くさせていたのである。

やがて夕餉《ゆうげ》の刻限まで、頼之は買った春本に片っ端から目を通し、様々な体位や愛撫を覚えた。

もちろん激しい淫気に勃起してしまったが、自分でいじりたいのを我慢して夜を待ったのである。

そして湯浴《ゆあ》みと夕餉を済ませて寝巻に着替えると、また朱里が盥《たらい》と手拭《てぬぐ》いを持って部屋に入って来たのだった。

二

「お国許へ行かれるとのこと、本当にようございました。もう今の若様なら大丈夫でしょう。私は江戸へ残りますが、茜がついておりますので」

「ああ、楽しみだ」

頼之は朱里に答えたが、早くも一物《いちもつ》ははち切れそうに屹立《きつりつ》していた。

国許への旅も楽しみだが、宿の手配や仕度などで、すぐ明日というわけにもいかないだろうから、今は朱里の熟れ肌に心が向いていた。

たちまち全裸になると、朱里も脱いで一糸《いっし》まとわぬ姿になってくれた。生ぬるく甘ったるい匂いが漂い、彼はすぐにも入れたい衝動に駆られたが、やはり勿体《もったい》ないので味と匂いを堪能してからだ。

何しろ、昨日は三度抜いたというのに、今日はまだ一度も精汁を放っていないのである。

「すごい張りようです」

彼が仰向けになると、朱里が一物に目を遣《や》って言い、すぐにも屈《かが》み込んで先端を舐め回してくれた。

「ああ……」

鈴口《すずぐち》が舐められ、さらにスッポリと含まれて頼之は喘《あえ》いだ。

朱里は幹を締め付けて吸い、満遍《まんべん》なく舌をからめて一物を温かな唾液にまみれさせてくれた。

やがて彼の高まりが分かるのか、充分に濡らしただけで彼女はスポンと口を引き離し、添い寝してきた。

頼之は身を起こし、仰向けになった朱里の爪先に屈み込み、指の股に鼻を割り込ませて蒸《む》れた匂いを貪《むさぼ》った。そして爪先にしゃぶり付き、両足とも味と匂いを吸い取ってから股間に迫っていった。

ムッチリとした内腿を舌でたどり、股間に迫ると籠もる熱気が感じられた。

すでに割れ目は熱く潤《うるお》っているが、素破ともなれば一物を受け入れるため自在に濡らすことが出来るのかも知れない。

柔らかな茂みに鼻を埋《うず》め、擦《こす》りつけて嗅《か》ぐと今日は歩き回ったからか、甘ったるく蒸れた汗の匂いと、ゆばりの刺激が昨夜より濃厚に感じられ、悩ましく鼻腔《びこう》が刺激された。

頼之は朱里の体臭で胸を満たし、舌を挿《さ》し入れていった。

膣口の襞をクチュクチュ掻き回し、淡い酸味を感じながらオサネまで舐め上げていくと、

「く……」

朱里が息を詰めて呻き、キュッと内腿で彼の顔を挟み付けてきた。

頼之はオサネをチロチロと舌先で弾くように舐めては、新たに溢《あふ》れてくる淫水をすすった。

味と匂いを堪能すると、さらに彼女の両脚を浮かせ、白く豊満な尻の谷間に鼻を埋め込んでいった。顔中に密着する双丘を味わいながら、蕾《つぼみ》に籠もる蒸れた匂いを貪り、舌を這わせてヌルッと潜り込ませた。

「アア……」

朱里が喘ぎ、モグモグと肛門で舌先を締め付けてきた。入り口も内部も自在に蠢《うごめ》かせることが出来るのだろうか、彼は春本で読んだ陰間《かげま》の話を思い出し、ここにも挿入してみたい衝動に駆られた。

やがて朱里の前も後ろも味わい尽くすと、彼は身を起こした。

「後ろ取りで入れてみたい」

「はい」

言うと、すぐにも朱里は答えてうつ伏せになり、四つん這いで豊かな尻を持ち上げ、突き出してくれた。彼女も、頼之が春本を読み様々に試したいことがあるのだろうと察しているようだ。

彼は膝を進め、後ろから先端を膣口に押し当て、ゆっくりと挿入していった。

ヌルヌルッと滑らかに根元まで埋め込むと、尻の丸みが股間に心地よく密着して弾んだ。

「アア……」

朱里が喘ぎ、白い背中を反らせながらキュッと締め付けてきた。

頼之は温もりと感触を味わいながら何度か腰を突き動かし、背に覆《おお》いかぶさると、両脇から回した手で豊かな乳房を揉《も》みしだいた。

髪の匂いを嗅ぎながら次第に動きを強めていったが、もちろん果てるのは勿体ないし、まだ唇も乳首も味わっていないのだ。

やがて彼は身を起こし、いったん一物をヌルッと引き抜いた。

「横向きに」

「はい、こうですか？」

言うと朱里が横向きになり、松葉くずしの体位を察して自分から上の脚を真上に持ち上げてきた。

頼之は朱里の下の内腿に跨《また》がり、再び根元まで挿入しながら、彼女の上の脚に両手でしがみついた。

腰を突き動かすと、一物のみならず互いの内腿が心地よく擦れ合った。

しかも互いの股間が交差しているので密着感が高まり、動きに合わせてクチュクチュと湿った音が聞こえた。

頼之は、後ろ取りと松葉くずしを味わってから一物を引き抜き、

「仰向けに」

言うと朱里も仰向けになって股を開いた。

今度は本手《ほんて》（正常位）でみたび挿入し、身を重ねていった。

まだ動かず、屈み込んで両の乳首を交互に含んで舐め回し、顔中で柔らかな膨らみを味わった。

腋《わき》の下にも鼻を埋め込み、腋毛に籠もった甘ったるい汗の匂いに噎《む》せ返り、徐々に腰を突き動かしはじめた。

「アア……、いい気持ちですよ……」

朱里が喘ぎ、彼は上からピッタリと唇を重ねて舌をからめた。

熱い息で鼻腔を湿らせ、生温かな唾液をすすりながら動きを速めると、膣内の収縮と潤いが格段に増してきた。

果てそうになったが、頼之は動きを止めて口を離した。

「尻に入れてみたいが無理か」

「いいえ、何でもお試し下さいませ。ちゃんと入りますので」

囁《ささや》くと、朱里が熱く甘い息で答えた。

頼之は興奮と期待に胸を弾ませ、身を起こして一物を引き抜いた。すると朱里も自ら両脚を浮かせて抱え、豊満な尻を突き出してくれたのである。しかも両手で双丘を広げ、谷間の奥まで開いてくれた。

見ると、陰戸から垂れる淫水が桃色の蕾まで濡らしていた。

彼は淫水にまみれた先端を肛門に押し当て、呼吸を計りながらゆっくり押し込んでいった。

おちょぼ口の蕾が襞を伸ばして丸く押し広がり、最も太い亀頭の雁首《かりくび》が潜り込んでしまうと、あとはズブズブと滑《なめ》らかに根元まで挿入することが出来た。

「あう……」

朱里が顔を仰《の》け反《ぞ》らせて呻き、キュッときつく締め付けてきた。

さすがに膣とは感触が異なり、入り口は狭いが中は案外楽で、思ったほどのべタつきもなく滑らかだった。

頼之は古事記《こじき》に書かれていた『内はホラホラ、外はスブスブ』（入り口は狭いが中は広い）という言葉を思い出した。

「痛くないか」

「大事ございません。どうぞご存分に動いて下さいませ」

気遣《きづか》って言うと朱里が答え、彼も様子を見ながら徐々に腰を動かしはじめた。

すると彼女も緩急《かんきゅう》を付けて締め付け、次第に動きが滑らかになっていった。

そして頼之は、常と違う穴の感触を味わいながら、そのきつい摩擦の中で昇り詰めてしまった。

「い、いく……！」

突き上がる大きな快感に口走り、熱い大量の精汁をドクンドクンと勢いよく注入した。

「ああ……」

噴出を感じた朱里が喘ぎ、収縮を強めた。中に満ちる精汁で、さらに動きがヌラヌラと滑らかになった。

「アア、心地よい……」

彼は本日最初の射精に喘ぎ、快感を嚙み締めながら心置きなく最後の一滴まで出し尽くしてしまった。

徐々に激情が静まると、彼は満足げに動きを止めて荒い呼吸を繰り返した。

そして引き抜こうとすると、収縮と締め付け、ヌメリで自然に一物が押し出され、ツルッと抜け落ちた。

まるで美女に排泄されるような興奮が湧き、見ると丸く開いた肛門は一瞬粘膜を覗かせ、徐々につぼまって元の可憐《かれん》な形に戻っていった。

「さあ、慌ただしいですが、すぐに洗いませんと」

朱里が身を起こして言い、別に一物に汚れの付着はないのだが、彼も素直に従って起き上がった。

そして急いで寝巻を羽織ると部屋を出て、そのまま二人で湯殿に入っていったのだった。幸い誰にも行き合うこともなかった。

朱里が残り湯を汲《く》んで甲斐甲斐《かいがい》しく一物を洗ってくれ、

「さあ、ゆばりを放って下さいませ。中からも洗い流しませんと」

言われて、頼之は回復しそうになるのを堪《こら》えながら、何とかチョロチョロと放尿を終えたのだった。

三

「朱里がゆばりを放つところも見てみたい」

再び一物を洗ってもらうと、頼之はピンピンに回復しながら言った。

実は春本にも、女が放尿する絵が載っていて、どうにも見たくて堪《たま》らなかったのだ。

「どのように致しますか」

「顔の前に立ってくれ」

頼之が簀《す》の子《こ》に腰を下ろして言うと、朱里もすぐに立ち上がり、彼の顔の前に股間を突き出してくれた。さらに彼女は片方の足を浮かせ、風呂桶《おけ》のふちに乗せて股を開いてくれたのだった。

彼は開かれた股間に顔を迫らせ、陰戸に舌を這わせた。

「ようございますか。出ます……」

朱里が息を詰めて言うなり、舌で探る奥の柔肉が迫《せ》り出すように盛り上がり、味わいと温もりが変わった。同時に、チョロチョロと熱い流れがほとばしってきたのである。

頼之はためらいなく口に受けて味わった。ためらいないといえば朱里の方も次第に勢いを付けて放っている。これも素破ならではであり、他の武家女には出来ぬことであろう。

味わいも匂いも刺激的ではなく、むしろ淡く、薄めた桜湯のようだった。

だから喉に流し込むにも抵抗がなく、彼は美女から出るものを取り入れる悦《よろこ》びに酔いしれた。

溢れた分が温かく肌を伝い、すっかり勃起している一物が心地よく浸された。

やがて勢いが衰えると、間もなく流れは治まってしまった。

「もう終わりです」

朱里が言い、頼之は残り香の中で余りの雫《しずく》をすすった。

すると新たな淫水が溢れ、ゆばりの味わいより淡い酸味のヌラつきが増えて舌の動きが滑らかになった。

ようやく堪能して口を離すと、朱里も脚を下ろして手桶に残り湯を汲み、互いの身体を洗い流した。

「そんなに勃《た》っては、もう一度しなければなりませんね」

身体を拭いてくれながら朱里が言い、彼も新たな期待に胸を弾ませた。どうやら今宵《こよい》は立て続けにさせてくれるようだ。

部屋へ戻り、頼之が全裸で仰向けになると、朱里も一糸まとわぬ姿になって彼の股を開いて顔を寄せた。

そして彼の両脚を浮かせ、念入りに肛門を舐めてくれ、ヌルッと舌を潜り込ませて蠢かせた。

「アア……」

頼之は快感に喘ぎ、美女の舌先を肛門で締め付けながら、屹立した幹を震わせて粘液を滲《にじ》ませた。

脚が下ろされると朱里はふぐりを念入りに舐め回し、肉棒の裏側を舐め上げてきた。先端まで来ると濡れた鈴口をしゃぶり、スッポリと喉の奥まで呑み込んで舌をからめた。

彼も何度かズンズンと股間を突き上げたが、急激に高まってきた。

「い、入れたい。今度は茶臼《ちゃうす》（女上位）で……」

言うと朱里もスポンと口を離して前進し、彼の股間に跨がってきた。

そして先端に陰戸を押し当てると、ゆっくり座り込んでいった。

ヌルヌルッと滑らかに根元まで呑み込まれ、彼女は股間を密着させて身を重ねてきた。

これであらゆる体位で挿入することが出来たが、やはり彼は女の重みを感じる茶臼が好みだった。

「アア、良い気持ちです……」

朱里が熱く喘ぎ、彼の肩に腕を回して肌の前面を密着させてきた。

頼之も胸に豊かな乳房の弾力を味わい、下から両手でしがみつきながら、膝を立てて彼女の尻を支えた。

顔を引き寄せると朱里の方から唇を重ね、舌を挿し入れてチロチロと絡み付けてくれた。注がれる唾液をうっとりと飲み込むと、彼女もことさら多めにトロトロと口移しに与えてきた。

頼之は彼女の熱い息で鼻腔を湿らせ、喉を潤しながらズンズンと股間を突き上げ、何とも心地よい摩擦と締め付けに高まっていった。

朱里も合わせて腰を遣いはじめると、互いの接点からピチャクチャと淫らに湿った摩擦音が聞こえてきた。

膣内の収縮と潤いが増し、やはり朱里も正規の場所に受け入れる方が心地よいのだろう。

充分に唾液を味わってから口を離し、彼は朱里の開いた口に鼻を押し込んで熱く湿り気ある息を胸いっぱいに嗅いだ。

朱里の口の中は今日も白粉臭《おしろいしゅう》の刺激が濃厚に満ち、彼は悩ましく鼻腔を掻き回されながら、たちまち絶頂を迫らせた。しかも朱里が彼の鼻をしゃぶり、唾液でヌルヌルにしてくれた。

「い、いく……！」

頼之は口走り、全身を絶頂の快感が包み込んだ。

同時に、ありったけの熱い精汁がドクンドクンと勢いよくほとばしった。立て続けの二回目でもその快感は実に大きく、噴出する量も多かった。

「アア……、いい気持ち……」

奥深い部分を直撃された朱里も熱く喘ぎ、ガクガクと狂おしい痙攣《けいれん》を開始して気を遣ったようだ。

締め付けと蠢動《しゅんどう》が強まり、彼は駄目押しの快感を心ゆくまで味わい、最後の一滴まで出し尽くしていった。

「ああ、良かった……」

頼之は荒い息で言いながら、徐々に突き上げを弱めていった。

朱里も満足げに熟れ肌の強《こわ》ばりを解いてゆき、力を抜いて彼にもたれかかってきた。

まだ膣内は名残惜《なごりお》しげな収縮をキュッキュッと繰り返し、刺激された幹が内部でヒクヒクと過敏に跳ね上がった。そして頼之は朱里の重みと温もりを受け止め、熱く悩ましい吐息で鼻腔を満たしながら、うっとりと快感の余韻に浸り込んでいったのだった。

「もう、すっかり一人前の殿御《とのご》ですよ」

朱里が囁き、やがて互いに呼吸を整えると、ゆっくりと身を起こしていったのだった。そして濡れた手拭いで彼の股間を拭い、唾液に濡れた顔も拭いてくれようとした。

「そのままで良い。朱里の匂いを感じながら眠る」

頼之が言うと、朱里もそのままにしてくれ、薄掛けを掛けると、

「では、おやすみなさいませ」

行灯《あんどん》を消して言い、静かに部屋を出て行ったのだった。

四

――数日後の朝、いよいよ頼之は国許へ向かって出立《しゆつたつ》することになった。

仕度も手配も滞《とどこお》りなく終え、初めての遠出である。

この何日か、頼之は朱里とばかり情交していた。

茜とは、ともに旅をするのだから、楽しみに取っておいたのである。それに朱里とも、しばし会えないので名残惜しかったのだ。

「では気をつけてな。重兵衛《じゆうべえ》によろしく伝えてくれ」

頼政が言い、新右衛門と朱里、他の家臣たちも見送ってくれた。風見《かざみ》重兵衛は国家老である。

やがて頼之は乗物で屋敷を出立した。

大名行列と言うほどの規模ではなく、彼と茜の他は、家臣や陸尺《ろくしゃく》たち総勢八人である。

先頭に騎馬、乗物の前後に二人ずつの陸尺、左右としんがりに家臣である。

茜は、頼之と同じ乗物に入った。

二人が乗っても、小柄な茜と病み上がりの若君なので、屈強な陸尺たちには何でもないだろう。

茜は、頼之の世話係で、家老の遠縁ということになっている。

一行は神田から浅草《あさくさ》、千住《せんじゅ》から水戸《みと》街道を北上することになる。

宿は新宿《にいじゅく》と取手《とりで》の二泊三日。

通常なら我孫子《あびこ》あたりで一泊の行程であるが、頼之が病み上がりということで配慮されたようだ。

「構わず寄りかかって下さいませ」

乗物の座布団に座ると、後ろから茜が言い、頼之も遠慮なく寄りかかると、背に当たる胸の膨らみが何とも心地よかった。

しかも狭い中に二人きりというのも嬉《うれ》しい。

「揺れますので、気分が悪くなったらすぐに仰《おっしゃ》って下さい」

「ああ、大事ない」

頼之は答え、乗物に揺られながら窓の外の景色に目を遣った。

茜は背後から彼を抱くように支えてくれ、片手で天井から下がった紐《ひも》を握りながら、あれこれ風景を説明してくれた。

揺られても不快ではなく、窓の外を流れる様々な景色に胸が弾んだ。

賑《にぎ》やかな浅草を出て少しすると、急に人通りや人家がまばらになり、緑の眺めが多くなってきた。

「あれは畑仕事をしているのか」

「ええ、稲も作物も豊かなようですね」

茜が答えると、肩越しに甘い果実臭の吐息が感じられ、背に当たる温もりと合わせて彼の股間が熱くなってきてしまった。

今日の出立のため、昨夜は朱里との情交も控えて早寝するよう言いつけられたから、淫気は満々である。

やがて千住の手前で昼餉となった。

本当は乗物の中で、景色を眺めながら食事したかったが、他の家臣たちも休息しなければならない。

頼之は乗物を下りて体を伸ばし、土手で家臣たちと握り飯を食い、竹筒の茶を飲んだ。穏やかな晴天で、暑い盛りも過ぎて徐々に秋めいた風が心地よく感じられた。

再び出立、千住を越え、新宿に差し掛かる頃に日が傾いてきた。

そして日暮れに、新宿にある宿に到着した。もちろん貸し切りなので、人数に合わせた小ぶりの旅籠《はたご》である。

荷を解いて二階の部屋に入ると、すでにいくつかの行灯が点《つ》いている。

窓の外を見下ろすと、宿場の静かな町並みが見渡せたが、もちろん宵ということもあり江戸ほどの人は出ていない。

まず頼之は着替えて、家臣たちと湯殿へ行った。

体を洗い流すと、二階の広間で夕餉の仕度が調《ととの》っていた。

もちろん酒は出ず、頼之は一行とともに焼き魚や煮物、吸物などで食事を済ませた。

一同も、頼之の顔色や食欲を見て安堵《あんど》の表情だった。

やがて家臣たちが階下の各部屋に引き上げると、空膳が下げられて床が敷き延べられた。

もちろん二階の部屋は、頼之と茜の二人きりだ。

「茜は、風呂は？」

「私は寝しなに入りますので」

訊くと彼女は答え、頼之も期待に股間を熱くさせた。やはり洗い流して匂いが薄れると興奮が削《そ》がれてしまう。あるいは茜は、朱里から彼の性癖を聞いているのかも知れない。

頼之が全裸になると、茜もたちまち一糸まとわぬ姿になってくれた。

「ああ、この夜を待ちかねた……」

彼は興奮に息を弾ませて言い、茜を布団に仰向けにさせた。

口ではしてもらったが、全裸を見るのは初めてである。

乳房は、朱里ほど豊かではないが形良く張りがありそうで、滑らかな肌にも体術を秘めた筋肉などは窺《うかが》えず、均整の取れた肢体をしていた。

頼之は、茜の肌から立ち昇る甘ったるい匂いに誘われて屈み込み、チュッと乳首に吸い付いていった。

舌で転がしながら顔中を膨らみに押しつけ、もう片方の乳首にも指を這わせると、

「アア……」

茜が熱く喘ぎ、クネクネと身悶《みもだ》えはじめた。

彼女もまた、今宵の情交を覚悟し、また心待ちにしていたのではないだろうかと思ってしまった。

左右の乳首を味わい、充分に舐め回すと、彼は茜の腕を差し上げ、腋の下に鼻を埋め込んでいった。生ぬるく湿った和毛《にこげ》には、濃厚に甘ったるい汗の匂いが沁み付き、鼻腔が悩ましく掻き回された。

頼之は胸を満たし、滑らかな肌を舐め下りていった。

臍《へそ》を探り、朱里より引き締まった下腹に顔を押しつけて弾力を味わい、腰から脚を舌でたどった。

山育ちと聞いていたが、二年近く江戸に住んでいるので洗練されたか、肌はどこもスベスベの舌触りである。

足首まで行って足裏を舐めても、やはり茜は朱里のように、何をしようとされ

るままじっとしていた。

指の間に鼻を割り込ませて嗅ぐと、やはり若いぶん朱里より匂いが濃く、蒸れた刺激が鼻腔を満たしてきた。

胸いっぱいに嗅いでから爪先にしゃぶり付き、順々に指の股に舌を挿し入れて味わうと、

「あう……」

茜が呻き、ビクリと微《かす》かに反応した。

頼之は両足とも、全ての味と匂いが薄れるまで貪り尽くすと、彼女の股を開かせ、脚の内側を舐め上げていった。

滑らかな内腿はムッチリと張りがあり、股間に顔を迫らせると熱気と湿り気が感じられた。

見ると、股間の丘にはふんわりと恥毛が煙り、割れ目からはみ出す花びらは朱里よりもやや小ぶりだった。

そっと指を当て、陰唇を左右に広げると中身が丸見えになり、桃色の柔肉はヌラヌラと清らかな蜜に潤っていた。膣口は襞を入り組ませて息づき、小粒のオサネが光沢を放っている。

もう堪らず、彼は顔を埋め込み、柔らかな恥毛に鼻を擦りつけて嗅いだ。

生ぬるく甘ったるい汗の匂いに淡いゆばりの刺激が混じり、悩ましく鼻腔が掻き回された。

朱里とは微妙に異なる匂いが興奮をそそり、彼は胸を満たしながら舌を挿し入れていった。

収縮する膣口の襞をクチュクチュ掻き回し、やはり淡い酸味のヌメリを味わうと、ゆっくりオサネまで舐め上げた。

「アアッ……」

茜がビクッと顔を仰け反らせて喘ぎ、内腿がキュッと彼の両頬を挟み付けてきた。頼之は心ゆくまで味と匂いを貪ってから、彼女の両脚を浮かせて尻に迫っていった。

谷間には、やはり薄桃色の可憐な蕾がひっそり閉じられ、鼻を埋めて嗅ぐと、顔中に弾力ある双丘が心地よく密着してきた。

微かな匂いを含んで蒸れた熱気が鼻腔を刺激し、彼は興奮を高めながら舌を這わせ、ヌルッと潜り込ませた。

「く……」

茜が呻き、キュッと肛門で舌先を締め付けてきた。

頼之は舌を蠢かせ、淡く甘苦い滑らかな粘膜を探った。

そして茜の前も後ろも、味と匂いを堪能し尽くすと、やがて彼は股間から離れて添い寝していった。

「どうか、今度は茜が」

言うまでもなく、すぐに彼女は入れ替わりに身を起こし、頼之の股間に移動していった。

彼の両脚を浮かせると尻の谷間を舐め、自分がされたようにヌルッと舌を潜り込ませてきたので、

「あう……、心地よい……」

頼之は快感に呻きながら、モグモグと肛門を締め付けて美女の舌を味わった。

彼女も充分に舌を蠢かせてから脚を下ろし、ふぐりをしゃぶって二つの睾丸《こうがん》を転がしてくれた。

せがむように幹を上下させると、すぐ茜も前進して幹の裏側を舐め上げ、先端までたどってきた。

粘液の滲む鈴口をチロチロと舐め回し、丸く開いた口でスッポリと喉の奥まで

一物を呑み込んでいった。

「アア……」

頼之は快感に喘ぎ、美女の温かく濡れた口の中で幹を震わせ、ズンズンと股間を突き上げた。

「ンン……」

茜も小さく鼻を鳴らしながら顔を上下させ、濡れた口でスポスポと強烈な摩擦を繰り返してくれた。たちまち彼自身は、茜の温かく清らかな唾液にどっぷりと浸った。

「あうう、もう良い。茶臼で入れてほしい……」

すっかり高まった彼が言うと、すぐに茜はチュパッと口を離し、前進して一物に跨がった。唾液に濡れた先端に陰戸を押し当て、息を詰めて位置を定めるとゆっくり腰を沈み込ませていった。

五

「アアッ……。奥まで感じます……」

ヌルヌルッと滑らかに根元まで受け入れると、茜が股間を密着させて喘いだ。

頼之も、初めて茜と一つになった快感と感激に包まれ、肉襞の摩擦と温もり、締め付けと潤いを味わった。

両手を伸ばして抱き寄せると、茜も身を重ねて頼之の胸に乳房を押しつけ、彼は膝を立てて尻を支えた。

やはり重みを感じながら、美しい顔を見上げる茶臼が最も好きである。

正室を迎えたら、本手（正常位）しかできないのが残念だが、やはり他藩の姫だから、あまり妙なことは控えた方が良いのだろう。まあ、その分は朱里や茜にしてもらえば良い。

下から顔を引き寄せて唇を重ねると、茜も熱い鼻息で彼の鼻腔を湿らせながらチロチロと滑らかに舌をからめてくれた。

そして朱里から聞いているのかどうか、ことさら多めにトロトロと唾液を口移しに注いでくれたのである。

頼之は生温かく小泡の多い唾液を味わい、うっとりと喉を潤して酔いしれながら、ズンズンと股間を突き上げはじめた。

「ンン……」

茜も熱く呻きながら腰を遣い、調子を合わせて心地よい摩擦を繰り返してくれた。たちまち彼は高まり、唇を離して茜の口に鼻を押し込み、熱くかぐわしい息で胸を満たした。

朱里とは異なる果実臭の刺激が悩ましく、もちろん茜もチロチロと鼻の穴を舐めてくれ、頼之は激しく昇り詰めてしまった。

「い、いく。心地よい……」

快感に口走りながら、熱い大量の精汁をドクンドクンと勢いよくほとばしらせると、

「ああ、いい……！」

噴出を感じた茜も声を上げ、ガクガクと狂おしい痙攣を開始した。

どうやら合わせて気を遣ってくれたようで、さらに締まる膣内で彼は幹を震わせ、心置きなく最後の一滴まで出し尽くしていった。

すっかり満足しながら徐々に突き上げを弱めていくと、茜も肌の硬直を解きながらグッタリと身体を預けてきた。

まだ息づく膣内で過敏に幹が震え、彼はかぐわしい吐息を間近に嗅ぎながら、うっとりと余韻を味わったのだった。

江戸を離れ、初めて知らぬ土地で精を放つのも格別だった。

「さあ、では湯殿に参りましょうか。もう誰もおりませんでしょう」

茜が囁き、そろそろと身を起こして彼の股間を懐紙《かいし》で拭ってくれた。

大丈夫かなと思ったが、彼も浴衣《ゆかた》を羽織って一緒に部屋を出た。それに素破なら、人の気配もすぐ分かることだろう。

階段を下りて湯殿に行くと、思った通り誰もいなかった。

家臣たちは高鼾《たかいびき》で、何人かは警護に起きているだろうが、それらは湯殿からは遠いようだ。

湯を浴びて互いの股間を流すと、また頼之はムクムクと回復してしまった。

「ゆばりを出してほしい」

座って言うと、さして驚かずに茜は彼の前に立ってくれた。そして自ら指で割れ目を広げ、股間を彼の顔に突き出してきたのである。

舌を這わせると、すぐにも、

「出ます……」

茜が囁くと、間もなくチョロチョロとか細い流れがほとばしってきた。

味わいは朱里より淡い感じで、すんなりと喉を通過したが、勢いが増すと口から溢れて肌を伝い流れた。

頼之は匂いに酔いしれながら熱い流れを浴び、一物は完全に元の硬さと大きさを取り戻してしまった。

やがて流れが治まると、彼は余りの雫をすすって割れ目内部を舐め回した。

「も、もう……」

茜は尻込みし、木の腰掛けに座った。

「こんなになってしまった。もう一回出さねば眠れぬ」

甘えるように言い、勃起した幹を震わせると、

「まあ……。続けてなど……」

茜が一物を見て、呆《あき》れたように言った。

「大丈夫だ。もう続けて出来るようになっている」

「私はもう体が保ちません。お口でよろしければ」

「ああ、それで良い。茜の口も好きだ」

頼之は答え、風呂桶のふちに腰を下ろし、茜の前で股を開いた。

彼女もすぐ顔を寄せ、張り詰めた亀頭をしゃぶりながら、指先で微妙にふぐりを刺激してくれた。

さらに両手で挟み、拝むように手のひらで幹を摩擦しながら先端に執拗《しつよう》に舌を這わせた。

巧みな舌と指、吸引と摩擦により、彼は急激に高まった。

「ああ、いく……」

絶頂を迫らせた彼が言うと、茜も深々と呑み込み、本格的にスポスポと摩擦してくれた。

「く……、気持ちいい……！」

たちまち二度目の絶頂を迎えると、彼は呻きながらありったけの精汁をドクンドクンとほとばしらせた。

「ク……」

茜は喉の奥を直撃されて小さく呻き、それでも吸引と舌の蠢き、指の愛撫と口の摩擦を続けてくれた。

やがて最後の一滴まで出し切り、彼が力を抜くと、茜も動きを止めて亀頭を含んだままゴクリと喉を鳴らした。

「あう……、いい……」

キュッと口腔が締まり、彼は駄目押しの快感に呻いて幹を震わせた。

茜も口を離し、なおも優しく幹をしごきながら、鈴口に膨らむ余りの雫までペロペロと丁寧に舐め取ってくれたのだった。

「も、もういい……。実に良かった……」

頼之が過敏に幹をヒクつかせて言うと、彼女もようやく舌を引っ込め、チロリと舌なめずりした。

「すごい勢いです。どうやら普通の人以上にご回復しているようですね」

茜が言い、もう一度二人で湯を浴びると、彼女はゆっくり体を洗って湯に浸かりたいだろうから、先に頼之は身体を拭いて二階へ戻った。

そして彼は横になったが、茜が戻ってくるのも気づかぬうち、ぐっすり眠り込んでしまったのだった……。


——翌朝、頼之が目を覚ますと、茜も隣の布団で目を開けたようだ。

彼は朝立ちの勢いのまま、茜の横に迫ってしがみついた。

「いけません。今日も長旅ですので」

茜が窘《たしな》めたが、寝起きですっかり濃くなった息の匂いに刺激され、彼は激しい淫気に包まれた。

「ほんの少しだけ……」

「駄目です。どうか今宵をお楽しみに」

茜は言い、さっさと起き上がってしまった。

確かに、朝一番から抜いてしまうのも勿体ないかも知れないし、気疲れしている家臣たちにも申し訳ない。

仕方なく淫気を鎮《しず》め、頼之も起きることにした。階下では、すでにみな起きているようで足音や話し声が聞こえてくる。

やがて着替えると、また一同で朝餉を囲み、昼飯を作ってもらってから旅籠を出ることにした。

今日も彼は乗物の中で茜と体をくっつけ、快適な旅だ。

一行は、再び水戸街道を北上。松戸《まつど》を過ぎ、小金《こがね》の宿で昼餉。宿場はそれなりに賑わっているが、その間は田畑や山ばかりだった。

さらに進んで我孫子を越え、日暮れ近くに取手の宿に着くと旅籠に入った。

そして風呂と夕餉を済ませると、また頼之は茜を相手に濃厚な情交をして満足したのであった。

翌朝、取手を出立すると、藤代《ふじしろ》を越え、若柴《わかしば》で昼餉。さらに進み、牛久《うしく》の宿を越えたところで街道を逸《そ》れ、あとはひたすら山道となった。

「ああ、ふるさとの匂いがします」

茜が言い、田畑の間を縫うように進んでいくと、気づいた農民たちが道端で平伏した。

そして日暮れに、田代藩の領内に入って一行は到着した。

城はなく、広大な陣屋である。

先頭の騎馬が先駆けして報せていたので、大門が開き、家臣たちが出迎えに整列していた。

頼之と茜も、乗物を下りて一同に対した。

「若様！　おお、お健《すこ》やかなようで嬉しゅうございます。茜、ご苦労であった」

国家老、風見重兵衛が涙ぐんで言い、他の家臣ともども頼之は迎えられた。

「ささ、まずは中でご休息を」

重兵衛が言い、頼之も初めて来た国許の屋敷を見回しながら中に入った。

部屋で着替えると、一人の美女が入ってきた。

「お世話させて頂きます。重兵衛の娘、奈緒《なお》でございます」

恭《うやうや》しく言い、頼之も二十代半ば過ぎの美貌《びぼう》に見惚《みと》れた。

奈緒は元剣術指南役だったらしく、きりりとした顔立ちだが、婿養子《むこようし》ではなく家臣の三友《みとも》家に嫁《とつ》いでいるようだ。夫の虎太郎《こたろう》は身寄りがなく、今は江戸にいるようなので、奈緒は風見家で子とともに暮らしているらしい。

ならば一緒に国許へ来れば良いのに、やはりそれぞれの役目があるらしい。

江戸で出立の折、何か奈緒に言付《ことづ》けてくれれば良いと思ったが、そうしたことは、もちろん若君でなく同輩に頼んだのだろう。

とにかく頼之にとり、国許での最初の夜であった。

第三章　野生児の甘き匂い

一

「私も二年前に江戸へ行ったのですよ。そのおり若様にもお目もじ致しました」

奈緒が、部屋に入って来て頼之に言った。

すでに風呂も夕餉《ゆうげ》も済ませ、皆それぞれの部屋に引き上げたところである。

一緒に来た家臣たちも、頼之が再び江戸へ行くまで何日か逗留《とうりゅう》することになっていた。

何しろ次に江戸へ戻る時は、菜月姫お付きの松崎藩家臣も一緒なので、来た時の倍以上の人数となろう。

「そのときは、若様は伏せっておられましたが」

「いや。覚えている」

「え……？」

彼の言葉に、奈緒が小首を傾《かし》げた。

奈緒もすでに寝巻姿で、丸髷《まるまげ》に眉を剃《そ》り、艶《つや》やかなお歯黒が、かえって唇や舌の桃色を際立たせ、何とも艶《なま》めかしい。

それでも、面影に記憶があったのだ。

「そのおり、奈緒は長い髪を引っ詰め、男姿で脇差を帯びていただろう」

「まあ！　その通りでございます。あの頃は剣術自慢で……。それにしても、ほんの僅《わず》かなご挨拶《あいさつ》でしたのに……」

言うと奈緒は、病床の若君が自分を覚えていてくれた感激に目を潤《うる》ませ、甘ったるい匂いを漂わせた。

「ご回復、本当に嬉《うれ》しゅうございます」

あらためて奈緒が深々と頭を下げると、頼之は股間を熱くさせてしまった。

何しろ昨夜に取手の宿で茜としたきりで、今日は、まだ一度も抜いていないのである。

もちろん疲れなど大したことはなく、まだまだ目が冴《さ》えていた。

そして初めて接する武家の妻に、新鮮な興奮を覚えていた。

「さ、今日はお疲れでございましょう。どうかおやすみ下さいませ」

奈緒が押しやり、彼も素直に横になった。

「いや、まだ眠くない。それより奈緒に頼みがあるのだが」

「まあ、何《かが》でございましょう」

奈緒が屈み込んで言い、ほのかな吐息の匂いを感じて頼之は激しく勃起してしまった。それは朱里とも茜とも異なる、花粉のような匂いにお歯黒の金臭い刺激が悩ましく混じっていた。

それに、最前から彼女の体臭だろうか、生ぬるく甘ったるい匂いも漂っている。江戸から来た家臣たちが順々に湯殿を使っていたので、まだ奈緒は入っていないのだろう。

「間もなく、松崎藩の菜月姫と会うことになろうが、まだ男女のことを何も知らぬ。江戸屋敷では、病み上がりの余を気遣《きづか》うばかりで、そのような相談は誰にも出来なかったのだ」

彼は、無垢《むく》を装って言った。

「さ、左様でございますか」

「女の身体がどのようなものか知りたい。奈緒の他に頼める人がおらぬ」

懇願《こんがん》すると、奈緒も意を決して唇を引き締めた。

「承知致しました。お世話するお役目として、父より、どのようなことでも応じるよう言いつかっております」

奈緒が言う。

「どのようにすればよろしゅうございますか」

「脱いで見せてくれ、全部」

「はい……」

奈緒は頷《うなず》き、帯を解いて寝巻を脱ぎ去っていった。

頼之も身を起こして布団を空け、自分も手早く全裸になってしまった。

「ここへ横に」

言うと、一糸《いっし》まとわぬ姿になった奈緒が、そろそろと布団に仰向けになってくれた。

さらに甘ったるい匂いが濃く揺らめき、彼は熟れた肢体を見下ろした。

家老の娘だが、女だてらに剣術指南役だったということで、長身の四肢は実に引き締まっていたが、嫁《か》してからは稽古《けいこ》を止《や》めて脂《あぶら》が乗り、乳房も腰も豊かな丸みを帯びている。

頼之は、形良い乳房に屈み込んでいった。

すると、濃く色づいた乳首にポツンと白濁《はくだく》の雫《しずく》が滲《にじ》んでいるではないか。

確か赤ん坊がいると聞いていたが、どうやら最前から感じていた甘ったるい匂いは乳汁《ちしる》が出ているからだった。

頼之は新鮮な興奮に包まれ、チュッと乳首に吸い付いて舌で転がしはじめた。

「あう、若様……」

奈緒がビクリと身を強《こわ》ばらせ、か細く言った。

もちろん拒《こば》むようなことはなく、彼は生ぬるい乳汁の雫を舐め、さらに吸い付いた。

要領を得ぬまま強く吸い、乳首の芯を唇で挟み付けると、ようやく新たな乳汁が出てきて、生ぬるく舌を濡らした。それは薄甘く、飲み込むと甘ったるい匂いが胸に広がってきた。

飲み続けていると心なしか膨《ふく》らみの張りが和《やわ》らぎ、彼はもう片方の乳首も含んで吸い付き、うっとりと喉を潤《うるお》した。

「く……」

奈緒は息を詰め、苦行にでも堪えるように身を強ばらせていたが、次第にクネクネと悶《もだ》えはじめた。

あまり飲んで、赤ん坊の分がなくなるといけないので、頼之は充分に味わってから彼女の腋《わき》の下に鼻を埋《うず》め込んでいった。

生ぬるく湿った腋毛には、やはり濃厚に甘ったるい汗の匂いが籠もり、彼は胸を満たしてから肌を舐め下りていった。

腰の丸みから、スラリと長い脚を舌でたどっていっても、奈緒は朦朧《もうろう》としたようにに身を投げ出すばかりだった。

夫の虎太郎とも長く会わず、すっかり熟れ肌が疼《うず》いているのかも知れない。

脛《すね》にもやはりまばらな体毛があり、長い脚を味わって足裏に迫ると、さすがに剣術自慢だけあって足裏は大きく、指も太くしっかりしていた。

硬い踵《かかと》から、やや柔らかな土踏まずを舐め、指の間に鼻を押しつけて嗅《か》ぐと、やはり蒸《む》れた匂いが鼻腔《びこう》を刺激してきた。

それは、素破《すっぱ》も武家も変わりないのである。

匂いを貪《むさぼ》ってから爪先にしゃぶり付き、指の股にヌルッと舌を割り込ませて味わうと、

「あう、いけません……」

我に返ったように奈緒が呻《うめ》いたが、突き放すようなことはしなかった。

頼之は両足とも、味と匂いを貪り尽くすと、ようやく口を離し、奈緒を大股開きにさせた。

脚の内側を舐め上げ、張り詰めた内腿をたどって股間に迫ると、やはり中心部には熱気と湿り気が充《み》ち満ちていた。

丘には黒々と艶のある恥毛が茂り、割れ目からはみ出す花びらはネットリと潤っていた。

指を当てて陰唇を左右に広げると、膣口の襞は乳汁に似た白っぽい淫水にまみれていた。

そしてオサネが、何と親指ほどもある大きなものだったのだ。

なるほど、男をもひしぐ剣術の力の源が、この突起なのかも知れない。

さらに両脚を浮かせ、尻の谷間を見ると薄桃色の蕾《つぼみ》は、まるで枇杷《びわ》の先のように突き出た、艶めかしい形状をしていた。

これも、稽古で力んでいた名残《なごり》なのだろうか。

頼之は、朱里や茜と違う眺めに興奮を高め、まず先に尻の谷間に鼻を埋め込んでいった。

悩ましく蒸れた匂いが鼻腔を掻き回し、彼は充分に嗅いでから舌を這わせてヌルッと潜り込ませた。

「く……！」

奈緒は呻き、キュッときつく肛門で舌先を締め付けた。

浮かせた脚がガクガク震えているのは、感じているというより若君への畏《おそ》れ多さによるものなのだろう。ここは、やはり素破とは違って家臣の娘の反応なのだった。

中で舌を蠢《うごめ》かせてから、ようやく舌を引き離して脚を下ろし、いよいよ陰戸《ほと》に迫った。

茂みに鼻を埋め、擦《こす》りつけて嗅ぐと、隅々に濃厚に籠もって蒸れた汗とゆばりの匂いが鼻腔を悩ましく刺激してきた。

胸を満たしながら舌を這わせると、ヌメリはやはり淡い酸味を含み、彼は膣口の襞を掻き回し、ツンと大きく突き立ったオサネまで舐め上げていった。

「アアッ……！」

奈緒がビクッと身を反らせて喘《あえ》ぎ、内腿でムッチリときつく彼の顔を挟み付けてきた。

無垢な若君に手ほどきすることも忘れ、奈緒は次第に高まる快感に夢中になっているようだ。

頼之も味と匂いを堪能し、大きなオサネに吸い付いては舌先で弾くように、念入りな愛撫を繰り返したのだった。

二

「わ、若様。もう、どうか堪忍《かんにん》……」

奈緒がヒクヒクと下腹を波打たせ、哀願するように声を洩らした。どうやら、すでに小さく気を遣《や》りはじめているのかも知れない。

ようやく頼之も彼女の股間から這い出し、添い寝していった。

そして息も絶えだえになっている奈緒の手を握り、一物《いちもつ》へと導くと、やんわりと握ってくれた。

「何て、硬くて大きく……」

奈緒が愛撫しながら、頼もしげに囁《ささや》いた。

「唾《つば》で濡らしてくれるか」

「はい」

言うと、すぐにも奈緒は身を起こし、大股開きになった彼の股間に腹這いになってきた。やはり勝ち気そうな彼女は、受け身になるより自分からする方が性に合っているのかも知れない。

顔を寄せ、粘液の滲む鈴口《すずぐち》にチロチロと舌を這わせると、そのままスッポリと喉の奥まで呑み込んでいった。

「ああ……」

頼之は温かく濡れた、凜《りん》とした美女の口に深々と含まれ、快感に熱く喘いだ。

彼女も幹をキュッと締め付け、上気した頬をすぼめて吸い、熱い息を股間に籠もらせながらネットリと舌をからめてきた。

吸い付き方も舐め方も、それほどぎこちなくないので、やはり武家だろうが誰でもする行為なのだろう。

頼之がズンズンと股間を突き上げると、奈緒も濡れた口でスポスポと摩擦してくれ、たちまち彼は高まってきた。

「い、入れたい……。跨《また》いでくれぬか……」

息を弾ませて言うと、奈緒もスポンと口を離して顔を上げた。

「私が上になるわけに参りません。私が本手《ほんて》に導きますので」

奈緒が言う。

やはり、若君を跨ぐのにはためらいがあるようだ。

「いや、奈緒が上になってほしい。正室を迎えれば、ちゃんと上になるので」

「……分かりました」

言うと、奈緒もようやく意を決してくれ、そろそろと前進してきた。

彼を上にさせ、疲れさせてはいけないと思い直したのかも知れない。

完全に跨ぐと、彼女はそっと幹に指を添え、先端に陰戸を押し当ててきた。

そして位置を定めると、息を詰めながらゆっくり腰を沈み込ませた。

張り詰めた亀頭が潜り込み、あとはヌルヌルッと滑《なめ》らかに根元まで呑み込まれていった。

「アアッ……！」

奈緒が顔を仰《の》け反《ぞ》らせて喘ぎ、ピッタリと股間を密着させると、キュッキュッと味わうようにきつく締め上げてきた。

頼之も締め付けと温もりにうっとりとなり、中で幹を震わせながら、両手を回して彼女を抱き寄せた。

奈緒は長身で手足が長いので覆《おお》いかぶさると、まるで美しく大きな蜘蛛《くも》にでも捕らえられた心地だった。

奈緒は身を重ね、近々と顔を寄せてきた。

「ああ、若様。可愛《かわゆ》くてなりません……」

彼女が熱っぽい眼差《まなざ》しで囁く。若君の初物を頂いたという思いがあり、その感激が大きいのだろう。

頼之も下から両手でしがみつき、朱里に教わったように両膝を立てて彼女の尻を支えた。

顔を引き寄せて唇を重ねると、奈緒も舌を触れ合わせ、チロチロと蠢かせてくれた。頼之は熱い息で鼻腔を湿らせながら、滑らかにからみつく舌と唾液のヌメリを味わった。

やがて膣内の収縮が高まると、奈緒は待ち切れなくなったように徐々に腰を動かしはじめた。

「ああ……」

彼も股間を突き上げながら、口を離して快感に喘いだ。

「痛くありませんか……」

「ああ、実に心地よい」

「私もです。まさか、若様と一つになれるなど……」

奈緒が、徐々に動きを速めながら言った。

「顔に、乳を搾《しぼ》ってほしい……」

言うと、奈緒も胸を突き出し、自ら乳首を摘《つま》んだ。すると白濁の乳汁がポタポタと滴《したた》り、霧状になった分も顔中に生ぬるく降りかかった。

彼は舌に受けて味わい、甘い匂いの中で突き上げを強めた。

奈緒は両の乳首から乳汁を搾り、次第に収縮と潤いを増していった。

大量に溢れた淫水が互いの股間をビショビショにさせ、動きに合わせてピチャクチャと湿った音を立てた。

「唾も欲しい……」

せがむと、奈緒も口を寄せ、トロトロと白っぽく小泡の多い唾液を吐き出してくれたのだ。

頼之は乳汁と唾液を味わい、さらに彼女の喘ぐ口に鼻を押し込んで熱い息を嗅いだ。花粉の匂いと鉄漿《かね》の刺激で鼻腔を掻き回され、肉襞の摩擦の中でとうとう昇り詰めてしまった。

「い、いく……。アアッ……！」

頼之は大きな快感に貫かれながら喘ぎ、ありったけの熱い精汁をドクンドクンと勢いよくほとばしらせた。

「あ……、いい……。アアーッ……！」

たちまち奈緒も声を上ずらせ、ガクガクと狂おしい痙攣《けいれん》を開始して気を遣ってしまった。

頼之は心ゆくまで快感を嚙み締めながら股間を突き上げ、最後の一滴まで出し尽くしていった。すっかり満足しながら徐々に動きを弱めていくと、

「ああ……」

奈緒も声を洩らし、力を抜いてグッタリともたれかかってきた。

まだ膣内は、吸い込むような収縮が名残惜しげに繰り返され、中でヒクヒクと幹が過敏に跳ね上がった。

「あう……、もう堪忍して下さいませ……」

奈緒も敏感になっているように呻き、幹の震えを抑え付けるようにキュッときつく締め上げてきた。

頼之は、美女の重みと温もりを受け止め、熱くかぐわしい吐息で鼻腔を満たし

ながら、うっとりと余韻を味わった。

「ああ、まさかこのようにお出来になるとは……。お見舞いした時とは違う人のようです……」

「朱里と茜による、秘薬と手当てのおかげだ」

「左様ですか。これほどまでにご快復なされば、もう大事なくご正室様をお迎えになれることでしょう。でも」

「ああ、分かっている。菜月姫には余計なことはせぬ」

先に頼之は答えていた。

「お分かりのようですので、私も安堵《あんど》いたしました」

奈緒は答え、やがて呼吸を整えると、そろそろと身を起こしていった。

そして股間を引き離すと懐紙《かいし》で手早く陰戸を拭き清め、彼の股間も丁寧に拭いてくれた。

さらに乳汁に湿った顔も拭き、起こして寝巻を着せた。

「さあ、これでぐっすりおやすみになれるでしょう」

「ああ、奈緒、また頼む」

「はい、お体に障《さわ》りなければ、いつでも」

奈緒は答え、横になった彼に薄掛けを掛けると、寝巻を羽織って静かに部屋を出て行った。

頼之も目を閉じ、初めての長旅と、国許へ来たその夜に味わうことの出来た武家の妻とのことなどを一つ一つ思い出しているうち、間もなく深い眠りに落ちていったのだった……。

三

「あれが筑波山です。あの奥に、素破の里があります」

翌朝、朝餉を済ませて庭に出た頼之に、茜が説明してくれた。

「朱里も茜も、そこで生まれ育ったのだな」

彼は言い、陽を浴びた山々を眺めた。

田代藩の領内は豊かで、隣の松崎藩ともども、人々は穏やかで健《すこ》やかな暮らしをしているようだ。

すでに重兵衛が、頼之が国許へ来た報《しら》せを松崎藩に送ったらしい。

近々、菜月姫が来て仮の婚儀が執《と》り行われ、ともに江戸へ行くことになる。

そして江戸では、双方の藩主の前で正式な婚儀となるだろう。

「領内も見て回りたいが」

「そうですね」

茜が答えると、そのとき庭にあった木々の葉が頭上でザザーッと鳴った。

見上げると、猿のようなものが枝から枝へ飛び移り、それが宙に舞うなり回転して飛び降りてきたのだった。

驚いて見ると、猿ではなく、可憐《かれん》な娘ではないか。

長い髪を引っ詰め、袖《そで》なしで裾《すそ》の短い檜皮色《ひわだいろ》の着物に荒縄の帯、小麦色の二の腕と太腿が露《あら》わで、黒い手甲脚絆《てっこうきゃはん》を巻いて足袋《たび》と草鞋《わらじ》を履《は》いている。

濃い眉と目が吊り上がっているが、頬に浮かぶ笑窪《えくぼ》が愛らしい。

「茜様！」

彼女が満面の笑みで、白い歯を見せて言う。

「小眉《こまゆ》か。大きくなった」

茜も懐かしげに言ったが、すぐ顔つきを引き締めた。

「若君の前ですよ」

「あ……」

言われて、小眉と呼ばれた少女は膝を突いて頼之に頭を下げた。

「茜様の妹分で、小眉と申します」

「素破の里から来たのか。余は田代頼之である」

「ははッ」

小眉は言ったが、やはり家臣のように物怖《ものお》じすることなく、彼を見上げて笑みを浮かべた。

「まだ十七であろう。里を出る許しは得たのか」

「はい、若君が来ると昨日ご家老様から里へ報せがあり、茜様も一緒と聞くと矢も楯《たて》も堪《たま》らず。もちろんお頭《かしら》の許しを得ました。いま里に十八を越えた娘はいませんので」

茜に言われ、小眉が答える。

どうやら重兵衛が、鳩《はと》でも使って里に報せたのだろう。

里は人が少なくなっているらしく、本来十八で出られるところを、小眉は十七で藩の手伝いに出してもらえたようだった。

「ならばちょうど良い、若君と領内を見回ってくれ」

「はい！」

言われた小眉は立ち上がり、元気よく答えた。

茜が任すのだから、この小眉も相当な手練《てだ》れなのだろう。

「さあ、若様、参りましょう」

小眉が彼の手を引いた。

「ああ、では行ってくる」

「お気をつけて」

頼之が言って茜を振り返ると、彼女も辞儀をして送り出してくれた。

彼は小眉と手を繋《つな》ぎ、陣屋の門を出た。

周囲には家老や家臣たちの屋敷が並び、少し歩くと田畑の間にまばらな人家、川や水車小屋などもある。

蟬《せみ》の声が賑《にぎ》やかな山の麓《ふもと》には神社の鳥居《とりい》や寺の屋根が見え、門前の方には名主の屋敷や商家の連なりなどもあるらしく、江戸とは比ぶべくもなく長閑《のどか》だが、必要なものは全てあるようだ。

「小眉も、素破の鍛錬《たんれん》に明け暮れてきたのか」

「そうです。でも剣も柔《やわら》も、茜様には決して敵《かな》いませんでした」

「茜は、そんなに強いのか」

「ええ、それまでは朱里様が里で一番だったようですが、茜様はそれ以上と言われています」

一緒に歩き、周囲を見回しながら話した。

小眉も初めて里を出ただろうに、すでに領内の様子は頭に入れてきたように、道も建物も何でもよく知っていた。

やがてあちこち回ってから、二人は人けのない土手に座って休憩した。

「でも私は、剣も格闘も薬草も修めたけど、淫法の仕上げが残ってます」

「いんぽう？　忍法ではないのか？」

「淫法です。男女の交合の道」

「そのようなものも修行するのか」

頼之は、隣から漂う甘ったるい汗の匂いに股間を疼かせながら訊《き》いた。

すると小眉が、懐《ふところ》から何か棒を取り出した。

見ると、それは何と男根を模《も》した道具ではないか。

精巧に作られた木彫りで、張り詰めた亀頭に尿口の筋、幹には青筋まで浮かんでいる、本物に近いものである。

亀頭の部分と、付け根の幹が黒ずんでいた。

「これを入れて、交合の稽古をするんです」

「では、淫法というのは」

「ええ、快楽を操《あやつ》り、ときに敵地に潜入して男を誑《たぶら》かしたり、快楽で言いなりにさせるための術です」

それを聞き、戦国の世にはそうした素破たちの暗躍もあったのだろうと頼之は納得した。

まして女の素破は、色仕掛けなどの技が必須なのだろう。

してみると朱里も茜も淫法の手練れなら、濡れるのも自在で、気を遣ったふりをしただけなのだろうか。いや、今は泰平の世だから、素直に快楽を得て昇り詰めたのかも知れない。

「では、小眉はまだ生娘《きむすめ》なのだな」

「もちろんです。いま里に若い男はいません。女同士で感じ合うことはしましたが、男に入れられたことはありません。だからこれを入れて稽古して、すっかり痛みはなく心地よさも得られるようになりました」

小眉が、張り形を見せて言う。では柄の黒ずみは手垢《てあか》で、亀頭部分の黒ずみは彼女の破瓜《はか》の血であろう。

女同士で愛撫し合う稽古と聞き、彼の興奮が高まった。

「では、余としてみないか？」

「本当ですか！」

頼之が言うと、小眉は満面の笑みを浮かべ勢い込んで答えた。

「若様と出来るなら、こんな幸せなことはありません」

言われて、彼も期待に激しく勃起してきた。何しろ、張り形で挿入に慣れているとはいえ、生娘相手は初めてなのである。

「でも、ここでは人に見られるといけないので、奥へ行きましょう」

小眉が立ち上がって言い、頼之も従った。

川に沿って山の麓の方へ行くと、どうやら素破の里への入り口らしく、そこは誰も来ないようだ。

やがて小さな滝のある周囲を囲われた場所に来ると、草の生えた平らな場所があった。木々の葉で日が遮《さえぎ》られ、涼しげな水音が心地よく、まるで隠れ里の入り口のようだ。

「里を下りると、みんなここで休憩するんです」

小眉が言い、荒縄の帯を解くと袖なしの着物を脱いで草に敷いた。

下には何も着けておらず、さらに手甲脚絆に足袋と草鞋も脱いで、たちまち一糸まとわぬ姿になった。

頼之も脇差を置き、着物と袴《はかま》を脱いで、彼女の着物の上に敷いた。下帯《したおび》も解いて全裸になると、すでに一物は雄々《おお》しく急角度にそそり立っている。

「わあ、すごく勃《た》ってます。嬉しい」

張り形と違い、生きた肉棒を見て小眉が目を輝かせた。

やはり普通の生娘とは違い、ためらい羞じらい戸惑いはないようだ。

「じゃ、急いで体を洗ってきますので」

「ああ、いいよ、そのままで」

言うなり水に飛び込もうとする小眉を、彼は慌てて止めた。

「だって、朝から走って里を下りてきたから。それに気が急《せ》いて、ここで水浴びもせずお屋敷へ」

「女の匂いを知りたいんだ」

「恥ずかしいな……」

急に、それまで天真爛漫《てんしんらんまん》だった小眉がモジモジと呟《つぶや》いた。

「そのまま頼む」

「だって、素破は戦いに臨む時、本来なら必ず体中の匂いを消さないとならないんです」

「今は戦いのときではない。それに、女の匂いもまた男の淫気を高める大事な武器だろう」

「ええ、それは承知しているんですけど、本当に良いのですか」

「ああ、とにかく横になってくれ」

言うと、ようやく小眉も意を決して、脱いだものを重ねた上に仰向けになってくれた。

頼之も近づいて屈み込み、野生の生娘を見下ろした。

形良い乳房が息づき、さすがに着物に隠れている部分は色白だった。

腰の肉づきも良く、力を秘めた脚もムッチリと張りがあり、楚々《そそ》とした恥毛がぷっくりした股間の丘に煙っていた。

そして水音と心地よい冷気の中でも、彼女の甘ったるい汗の匂いが濃厚に感じられた。

しかも昼間、屋根のない外でということで、彼は新鮮な興奮に包まれた。

堪らず、頼之は彼女の乳房に顔を寄せていった。

薄桃色の乳首にチュッと吸い付いて舌で転がし、膨らみに顔を押しつけると、生娘らしい張りと弾力が伝わってきた。

もう片方も含んで舐め回し、彼は両の乳首を交互に味わったのだった。

四

「ああ……。若様、いい気持ち……」

左右の乳首を充分に愛撫すると、小眉が熱く喘ぎ、クネクネと身悶えた。

頼之は彼女の腋の下にも鼻を埋め込み、生ぬるく湿った和毛《にこげ》を嗅ぐと、今までの誰よりも濃厚に甘ったるい汗の匂いが悩ましく籠もっていた。

彼は胸いっぱいに生娘の体臭を満たし、うっとりと酔いしれた。

そして肌を舐め下り、臍《へそ》を探って腰から脚を舐め下りていった。

高い木から飛び降りるほどの力を秘めた脚は、どこも心地よい張りと弾力を持っていた。

しかし膝小僧や脛には、無数の擦《す》り剝《む》き傷があり、まだ血が滲んでいる部分もあるので、相当に過酷な鍛錬をしているのだろう。

その傷痕《きずあと》を順々に舐めながら足首まで下り、足裏にも舌を這わせ、縮こまった指の間に鼻を押しつけて嗅いだ。

走って里を下り、今まで足袋に覆われていた爪先はジットリと汗と脂に湿り、蒸れた匂いが濃厚に沁み付いて鼻腔が刺激された。

頼之は貪るように嗅いでから爪先にしゃぶり付き、順々に指の股にヌルッと舌を割り込ませて味わった。

「あう、若様……」

小眉はビクリと反応して呻いたが、すでに淫法修行の中で、あらゆる男の性癖も熟知しているのか拒みはしなかった。

彼は両足とも全ての指の股を舐め、味と匂いを貪り尽くしてしまった。

そして小眉を大股開きにさせ、脚の内側を舐め上げ、ムッチリした内腿をたどって股間に迫った。

ぷっくりした丘には楚々とした若草が煙り、丸みを帯びた割れ目からは小ぶりの花びらがはみ出していた。

指で開くと木漏れ日に照らされ、桃色の柔肉全体が清らかな蜜にヌラヌラと潤い、花弁状の襞が息づく膣口が丸見えになった。

すでに張り形の挿入は知っているが、まだ男に触れられていない無垢な陰戸である。

尿口の穴も見え、包皮の下からは光沢ある小粒のオサネが顔を覗《のぞ》かせていた。

さらに両脚を浮かせて尻の谷間を広げると、可憐な薄桃色の蕾が羞じらうようにキュッと引き締まった。

まず頼之は、尻の谷間に鼻を埋め込み、蒸れた匂いを貪ってから舌を這わせ、ヌルッと潜り込ませた。

「く……！」

小眉が呻き、感触を味わうようにモグモグと肛門で舌を締め付けた。

彼が滑らかな粘膜を探り、中で舌を蠢かせると、鼻先にある割れ目からトロトロと大量の淫水が漏れてきた。

充分に味わってから脚を下ろし、彼は割れ目に舌を挿《さ》し入れた。

生温かな蜜汁にまみれた膣口をクチュクチュ掻き回し、味わいながらゆっくりオサネまで舐め上げていくと、

「アアッ……！」

小眉が身を弓なりに反らせて喘ぎ、内腿できつく彼の顔を挟み付けてきた。

やはり誰も、この小さなオサネが最も感じるのだろう。奈緒だけは小さくはなかったが。

頼之はチロチロと小刻みにオサネを舐め回しては、新たに溢れてくる蜜汁をすすった。

「ど、どうか、もう……」

充分すぎるほど高まったように、小眉が嫌々をして言った。ここで気を遣ってしまうよりも、初の交接を望んでいるのだろう。

頼之も股間から這い出し、仰向けになってゆくと彼女が入れ替わりに身を起こした。

そして小眉は頼之の股間に陣取ると、自分がされたように彼の両脚を浮かせ、まず尻の谷間に顔を埋めてきたのである。

熱い鼻息でふぐりをくすぐりながら、チロチロと肛門が舐め回され、ヌルッと潜り込んだ。

「あう、心地よい……」

頼之は快感に呻き、キュッと肛門で小眉の舌先を締め付けた。

彼女も中で舌を蠢かせると、屹立《きつりつ》した幹がヒクヒクと上下した。

次の愛撫をせがむように脚を下ろすと、小眉も舌を移動させてふぐりを舐め回し、二つの睾丸《こうがん》を転がしながら優しく吸い付いてくれた。

そして充分に袋を唾液にまみれさせると、彼女は前進して肉棒の裏側を舐め上げてきた。

滑らかな舌が先端に来ると、粘液の滲んだ鈴口がペロペロと舐め回された。

「ああ、血の通った一物……」

小眉が熱い息で囁き、キラキラする眼差しで愛《め》でるように肉棒を眺めては幹を揉《も》み、やがて張り詰めた亀頭にしゃぶり付いてきた。

やはり、生きた生身の一物を夢見ていたのだろう。

亀頭が舐め回されると、そのまま小眉はモグモグとたぐるように喉の奥まで呑み込んでいった。

「アア……」

頼之は喘ぎ、生娘の温かく濡れた口の中で幹をヒクつかせた。

小眉は股間に息を籠もらせ、上気した頬に笑窪を浮かべて吸い付き、念入りに舌をからめて肉棒を唾液にまみれさせた。

さらに顔を上下させ、小刻みにスポスポと濡れた口で摩擦してくれた。

「こ、小眉。入れたい……」

すっかり高まった彼が言うと、小眉もすぐにチュパッと口を離した。

「私も入れたいです」

「跨いで、上から入れてくれ」

小眉に答えると、すぐにも彼女は前進して股間に跨がってきた。

どんなことでも、言えばためらいなくしてくれるのが嬉しい。

彼女は先端に濡れた陰戸を押しつけ、自ら指で陰唇を広げて位置を定めた。

そして念願のときを前に、やや緊張したように息を詰めながら、ゆっくりと腰を沈めてきた。

張り詰めた亀頭が潜り込むと、あとは潤いと重みでヌルヌルッと滑らかに根元まで嵌まり込んでいった。

「あぁッ……！」

小眉が顔を仰け反らせ、ぺたりと座り込んで股間を密着させながら喘いだ。

さすがに締め付けはきついが、すでに張り形の挿入を知っているので破瓜の痛みはないだろう。

むしろ張り形ほど硬く冷たい道具ではなく、血の通った肉棒を受け入れ、感激と快感に包まれているようだ。

彼女は身を反らせて硬直し、味わうようにキュッキュッと一物を締め付けた。

頼之も肉襞の摩擦と潤い、きつい締め付けと熱いほどの温もりを感じながら初物の感触を噛み締めた。

両手を伸ばして抱き寄せると、小眉もゆっくり身を重ねてきた。

彼は下からしがみついて両膝を立て、全身で生娘の重みと温もりを味わった。

顔を引き寄せて唇を重ねると、ぷっくりして柔らかな弾力が伝わった。

舌を挿し入れて唇の内側を舐め、滑らかな歯並びをたどると小眉も歯を開き、チロチロと舌をからめてくれた。

熱い鼻息に鼻腔を湿らされ、頼之は執拗《しつよう》に小眉の舌を舐めては、滴る唾液をすすった。

「もっと唾を」

囁くと、小眉も懸命に唾液を分泌させ、トロトロと口移しに注いでくれた。

彼は生温かな唾液をうっとりと味わい、心地よく喉を潤した。

そしてズンズンと股間を突き上げはじめると、

「ああ……、奥まで響きます……」

小眉が喘ぎ、合わせて腰を動かしはじめた。

大量の淫水が動きを滑らかにさせ、ピチャクチャと湿った摩擦音が響き、血の通った肉棒が嬉々として締め付けられた。

「痛くはないか」

「ええ、すごく気持ちいいです。すぐいきそう……」

口を離して言うと、彼女も息を弾ませて答えた。

彼女の喘ぐ口に鼻を押し込んで熱い息を嗅ぐと、それは胸が切なくなりそうに甘酸っぱい芳香が含まれ、悩ましく胸に沁み込んできた。

濃厚な、野山の果実の匂いだ。

「ああ、何と良い匂い……」

頼之は、可憐な美女の息の刺激に高まり、激しく股間を突き上げながら、たちまち昇り詰めてしまった。

「く……！」

突き上がる大きな絶頂の快感に呻き、熱い大量の精汁がドクンドクンと勢いよくほとばしると、

「あ、熱い、なんていい……。アアーッ……！」

小眉も声を上ずらせ、ガクガクと狂おしい痙攣を開始して激しく気を遣った。

やはり張り形は射精しないので、噴出を奥に感じた途端絶大な快感に襲われたようだ。

彼は心地よい摩擦と小眉の吐息を味わいながら、心置きなく最後の一滴まで出し尽くしていったのだった。

五

「アア……。気持ち良すぎて、魂《たましい》が抜けてしまいそうです……」

頼之が突き上げを止めると、小眉も満足げに声を洩らし、力を抜いて彼にもたれかかってきた。

まだ膣内はキュッキュッと締まり、中で一物が過敏にヒクヒクと震えた。

彼は喘ぐ小眉の吐息を間近に嗅ぎながら、濃厚に甘酸っぱい匂いで胸を満たしうっとりと余韻を味わった。

「小眉、茜と一緒に江戸へ来てくれ。これからもずっと一緒にいたい」

「ええ。私も、もう離れません」

言うと、小眉も嬉しげに答えた。お頭の許しや里の掟《おきて》などより、主筋《しゅうすじ》の命が最優先なのだろう。

やがて重なったまま呼吸を整えると、小眉はそろそろと身を起こし、股間を引き離した。

そして彼の股間に屈み込むと、

「ああ、これが精汁の匂い……」

言いながら、淫水と精汁にまみれた亀頭にしゃぶり付いたのだ。ヌメリを吸い取り、念入りに舌をからめて味わった。

「あうう、もう良い……」

頼之が、クネクネと腰をよじらせて呻いた。

ようやく小眉も顔を上げ、彼の手を引いて身を起こさせた。

「やっと情交できて嬉しいです。もう洗ってもいいですね。さあ、ご一緒に」

言われて、互いに全裸のまま水辺に行った。岩の間に砂地があり、そこを進むと足が冷たい水に浸っていった。

小眉は水に漬かって、手早く腋や股間、足指の間も擦ってしまい、彼の股間も指で優しく洗ってくれた。

その刺激に、たちまち肉棒がムクムクと回復してきたのだ。

「まあ、何て逞《たくま》しい……」

小眉は目を見張って言い、そのまま彼を斜めになった浅瀬に横たえた。

仰向けになっても顔は浸らず、川底の砂地が背に心地よく、火照《ほて》った全身が癒《いや》されるようだった。

水面から出ているのは、顔と回復した一物だけである。

小眉は、甲斐甲斐《かいがい》しく水に浸った彼の脇から足まで手のひらで擦って洗ってくれた。

「小眉、もう一度出したい」

「はい。でも私は充分なので。また気を遣ったら動けなくなりそうです」

「ああ、指で良い」

言うと彼女は添い寝してくれ、水面から突き立っている一物をやんわり握って動かしてくれた。

頼之が小眉の顔を引き寄せ、唇を重ねて舌をからめると、彼女もことさら多めにトロトロと唾液を注いでくれた。その間も、ニギニギと微妙な指の動きが彼を高まらせた。

「顔に、唾を吐きかけてくれるか、強く」

ゾクゾクと興奮しながら言うと、小眉も顔を上げ唾液を溜めてから顔を寄せ、大きく息を吸い込むと、強くペッと吐きかけてくれたのだ。

息の匂いと、生温かな唾液の固まりが鼻筋を濡らした。

「ああ、心地よい……」

彼は、小眉の手のひらの中で幹を震わせて喘いだ。

ためらいなく命じられたことを行うのは、素破ならではであろう。それにすぐ洗えるから構わないと思ったのかも知れない。

これが奈緒であったら、それこそ腹を切って彼を諫《いさ》めるのではないか。

さらに頼之は小眉の開いた口に鼻を押し込み、濃厚に甘酸っぱい果実臭の吐息を嗅いでうっとりと胸を満たした。

彼女も惜しみなく吐息を与えながら舌を這わせ、顔中を生温かな唾液でヌルヌルにまみれさせてくれた。

「ああ、いきたい……」

「お口に出しますか？」

高まった彼が喘ぐと、小眉が言った。口に受けるのも初の体験なので、試しておきたいのかも知れない。

「ああ、頼む、余の顔を跨いでくれ」

身を投げ出して言うと、小眉も彼の顔に跨がって股間を迫らせ、女上位の二つ巴《どもえ》の体位で一物にしゃぶり付いてくれた。

冷たい水に全身が浸り、水面から突き出た肉棒のみ、小眉の温かく濡れた口にスッポリ含まれるのは何とも言えない心地よさであった。

「ンン……」

小眉は深々と含み、熱い鼻息でふぐりをくすぐりながら舌をからめ、スポスポと摩擦しはじめた。

頼之も、下から彼女の腰を抱き寄せて割れ目に鼻と口を埋め込んだが、残念ながら洗ってしまったので大部分の匂いは薄れてしまっていた。

それでも、木漏れ日を浴びた尻と桃色の蕾が何とも艶めかしい。

「小眉、ゆばりを放ってくれ」

割れ目に口を付けながら言うと、小眉も一物を含んだまま下腹に力を入れ、尿意を高めてくれた。

その間だけは舌の蠢きと摩擦が止み、チュッと強く吸われた。

舐めていると温もりと味わいが変わり、すぐにもチョロチョロと熱い流れがほとばしってきた。

頼之は口に受け、温かなゆばりを味わった。

仰向けだが、やや斜めなので噎《む》せるようなこともなく、喉に流し込むことが出来た。味も匂いも淡いもので清らかだが、勢いが増すと口から溢れた分が首筋を伝った。

彼が貪りながらズンズンと股間を突き上げると、小眉も放尿しながらスポスポと強烈な摩擦を繰り返してくれた。

やがて流れが治まると、彼は残り香の中で余りの雫をすすり、激しく二度目の絶頂を迎えてしまった。

「アア、いく……!」

濡れた割れ目を見上げながら快感に口走ると同時に、ありったけの熱い精汁がドクンドクンと勢いよくほとばしった。

「ク……、ンン……」

喉の奥を直撃されながらも、小眉は小さく呻きながら、なおも摩擦と吸引を続行した。

「ああ、何と心地よい……」

頼之は身をくねらせて喘ぎ、可憐な娘の口を汚《けが》す快感に胸を震わせた。

やがて全て出しきり、満足しながら頼之がグッタリと身を投げ出すと、小眉も摩擦を止め、亀頭を含んだまま口に溜まった精汁をコクンと一息に飲み込んでくれた。

「く……」

彼はキュッと締まる口腔の刺激に息を詰め、全身の力を抜いていった。

ようやく小眉もチュパッと口を離し、指で幹をしごきながら濡れた鈴口をヌラヌラと舐め回してくれた。

「あうう、もう良い……」

頼之が腰をよじって言うと、小眉も舌を引っ込め、水を掛けて彼の股間を洗ってくれた。

「さ、冷えるといけませんので、そろそろ」

向き直った小眉が言い、彼を引き起こした。

そして水から上がると彼女が、着物に入れていた手拭いで彼の全身を拭いてくれ、二人で身繕《みづくろ》いをした。

頼之は二度の射精で身も心もすっきりとし、しかも生娘を味わった悦《よろこ》びに足取りも軽かった。

やがて二人は、昼過ぎに陣屋へと戻った。

邸内では家臣や女中たちが大掃除と、仮祝言《かりしゅうげん》の仕度をしていた。

間もない吉日に合わせ、すぐにも松崎藩一行が、菜月姫を伴い訪ねてくるのだろう。

まだ顔も知らない相手だが、向こうも同じことで、大名の子というのはそうしたものなのだろう。それに、双方の藩主が取り決めたことなので、これは運命であった。

頼之は遅めの昼餉を軽く摂《と》ってから、奥座敷で少し休んだ。

病み上がりだし、昨夕到着したばかりなので、少々気ままにしても構わないだろう。

日が傾くまで午睡《ごすい》を取ってから湯浴《ゆあ》みをし、頼之が再び部屋に戻ると、やがて若い女中が夕餉を告げに来た。

「何だ、小眉か。見違えたぞ」

気づいた頼之が言うと、島田《しまだ》に結い矢絣《やがすり》の着物に身を包んだ小眉が羞じらうように俯《うつむ》いた。

整った顔がやや火照り、実に艶めかしい。

「着物は動きにくいです」

「そうだろう。余も、さっきまでの姿の小眉の方が好きだが、ここにいる限り着物は仕方がない。間もなく慣れよう」

彼は言い、やがて小眉と一緒に部屋を出て夕餉の席に向かったのだった。

第四章　二人がかりの快楽

一

「奈緒、どうにも疼《うず》いて眠れぬ。今宵《こよい》も頼む」

夕餉《ゆうげ》を済ませ、部屋に戻って寝巻に着替えた頼之は奈緒に言った。

彼が床に就《つ》くまで見届けるのが、世話係である彼女の役目だ。

「え、ええ……。お望みであれば構いませんが……」

奈緒も、昨夜の快楽を甦《よみがえ》らせたように、頰を上気させて答えた。

「それに、してみたいことが山ほどあるのだ」

「若様、間もなく菜月姫がいらっしゃるのですから……」

奈緒は、窘《たしな》めつつも快楽への期待に胸を熱くしているのか、何とも複雑な顔つきで言った。

「ああ、姫にあれこれするわけにもゆかぬし」

「それはそうでございます。あちらからも姫様のお付きの乳母《うば》が来て、閨《ねや》を見聞するでしょうから」

「だから、姫に出来ぬことを奈緒にして、気持ちをすっきりさせたいのだ」

「しょ、承知致しました。それで、どのようなことを」

奈緒がモジモジと言うので、頼之は寝巻と下帯《したおび》を脱ぎ去り、たちまち全裸になって布団に仰向けになった。

すると奈緒も帯を解き、一糸《いっし》まとわぬ姿になってくれた。いくつかの行灯《あんどん》に照らされ、子持ちの熟れ肌が艶《なま》めかしく浮かび上がった。

「ここに立ってくれ」

頼之は激しく勃起しながら、自分の顔の横を指して言った。

「お、お顔の横にですか……」

「ああ、下から仰ぐことに長く憧《あこが》れていたのだ」

「アア……、このようなこと……」

言うと奈緒は声を震わせつつ、それでも懸命に全裸のまま身を硬くして彼の顔の横に立ってくれた。

朱里や茜、小眉などの素破《すっぱ》ならば造作もなくやってのけようが、ここはやはり武家女の反応が見たかったのである。

顔のそばで長い脚がガクガクと震え、長身のため遥《はる》か高みから美しい顔がこちらを見下ろしている。

「足の裏を、余の顔に乗せてくれ」

「そ、そんな……」

「姫にはさせられぬことだ」

彼が期待に幹をヒクつかせて言うと、奈緒は可哀想なほど息を震わせ、ようやく言いつけを受け入れる決意をしたようだ。

壁に手を突いて身体を支えると、そっと片方の足を浮かせ、

「お、お許しを……」

か細く言うなり足裏を彼の顔に乗せてきた。

頼之は離れぬよう足首を摑《つか》んで押さえ、顔中で逞《たく》しい美女の足裏を味わった。

もちろん彼女は、まだ入浴前である。

彼が足裏に舌を這わせながら、指の間に鼻を割り込ませて嗅《か》ぐと、今日もそこは汗と脂《あぶら》に湿り、蒸《む》れた匂いが濃く沁み付いていた。

鼻腔《びこう》を刺激で満たしてから、爪先にしゃぶり付いて指の股に舌をヌルリと割り込ませて味わった。

「アアッ……！」

奈緒が喘《あえ》ぎ、思わずキュッと踏みそうになるのを懸命に堪《こら》えた。

味と匂いを貪《むさぼ》り尽くすと足を交代させ、そちらも念入りにしゃぶった。

「ああ、もうご勘弁を……」

立っていられないほど身を震わせ、奈緒が哀願するように言った。

「では、顔にしゃがみ込んでくれ」

彼は言い、足首を摑んで両足を顔の左右に置くと、手を引いてしゃがみ込ませていった。

「アア……、堪忍《かんにん》……」

奈緒は朦朧《もうろう》となりながらも、引っ張られるままとうとうしゃがみ込み、若君の顔の上で厠《かわや》に入った姿になってしまった。

張りのある内腿が、さらにムッチリと量感を増し、濡れはじめている陰戸《ほと》が鼻先に迫ってきた。

強烈な眺めを間近に見上げ、彼は先に尻の谷間に潜り込んでいった。

僅《わず》かに突き出た艶めかしい蕾に鼻を埋《うず》め込み、顔中に密着する、丸みのある双丘の弾力を味わいながら秘めやかに蒸れた匂いを貪った。

そして舌を這わせ、潜り込ませて淡く甘苦い滑《なめ》らかな粘膜も探った。

「あう……」

奈緒が呻《うめ》き、キュッときつく肛門で舌先を締め付けた。

頼之は充分に舌を蠢《うごめ》かせてから、陰戸に移動した。

陰唇が僅かに開き、中はヌラヌラと大量の淫水に潤《うるお》っている。

彼は茂みに鼻を埋め込み、汗とゆばりの蒸れた匂いで鼻腔を満たし、舌を挿《さ》し入れていった。

膣口の襞を掻き回し、大きく突き立ったオサネまで舐め上げていくと、

「アアッ……！」

奈緒が熱く喘ぎ、力が抜けて思わず座り込みそうになりながら、懸命に彼の顔の左右で両足を踏ん張った。

頼之は悩ましい匂いを貪りながら淫水をすすり、執拗《しつよう》にオサネに吸い付いた。

「わ、若様、もう……」

早くも気を遣《や》りそうになっているのか、奈緒が白い下腹をヒクヒク波打たせて

言った。

「奈緒、ゆばりを放ってくれ」

「む、無理です。そのようなこと……」

「ほんの少しで良い。決してこぼさぬ」

頼之は震える腰を抱え込んで言うと、奈緒もしゃがみ込んでいられなくなり、彼の顔の左右に両膝を突いた。

舐め続けていると、奈緒も出さねば終わらないと悟ったか、息を詰めて懸命に尿意を高めはじめたようだ。息むたびに内部の柔肉が妖《あや》しく蠢き、味わいが変わってきた。

「あう、出てしまいます……」

奈緒が呻きながら言うなり、チョロッと熱い流れがほとばしってきた。

それを口に受けると、彼は味わう余裕もなく喉に流し込んだ。

奈緒も懸命に止めようとしているようだが、いったん放たれた流れは止めようもなく、か細い流れに次第にチョロチョロと勢いがついてきた。

彼は仰向けなので噎《む》せないよう気をつけながら喉を潤していたが、奈緒も夕餉のあとに厠に行ったのだろう。あまり溜まっておらず、間もなく勢いが衰えると流れは治まってしまった。

ようやく匂いを感じることが出来、彼は一滴余さず受け入れたことに深い満足を覚えた。

ポタポタと滴《したた》る余りの雫《しずく》に淫水が混じり、ツツーッと糸を引いて垂れた。

それを残り香の中ですすり、割れ目内部を舐め回しているうちゆばりの味わいが消え去り、淡い酸味のヌメリが生ぬるく満ちていった。

「アア……。どうか、もう……」

奈緒がビクッと腰を引いて口走り、とうとう彼の顔から股間を引き離してしまった。

「では、今度は余にしてくれ」

仰向けのまま言うと、ようやくほっとしたように奈緒が移動して彼の股間に腹這いになった。

頼之が自ら両脚を浮かせ、両手で尻の谷間を広げると、すぐに奈緒も肛門に舌を這わせ、熱い息を股間に籠もらせながらヌルッと潜り込ませてきた。

「あう、心地よい……」

彼は快感に呻き、美女の舌先を肛門で締め付けた。

中で舌が蠢くと、内側から刺激された幹がヒクヒクと上下し、鈴口《すずぐち》から粘液が溢《あふ》れた。

脚を下ろすと、彼女も舌を移動させてふぐりにしゃぶり付き、睾丸《こうがん》を転がしながら生温かな唾液で袋をまみれさせてくれた。

やがて奈緒は前進し、ピンピンに張り切っている一物《いちもつ》の裏側を滑らかに舐め上げ、先端まで来て粘液の滲《にじ》む鈴口を舐め回した。

そして亀頭にしゃぶり付いて舌をからめ、そのままスッポリと喉の奥まで呑み込んでいった。

「アア……」

頼之は、快感の中心部を美女の口に深々と含まれて喘いだ。

奈緒も幹を締め付けて吸い、熱い鼻息で恥毛をそよがせ、クチュクチュと満遍《まんべん》なく舌をからませてくれた。

彼が快感に任せてズンズンと股間を突き上げると、

「ンン……」

奈緒は熱く呻き、顔を上下させスポスポと濡れた口で摩擦を繰り返した。

「ああ、跨《また》いで入れてくれ……」

すっかり高まって言うと、奈緒もスポンと口を離して顔を上げ、仰向けの彼の上を前進して股間に跨がった。

幹に指を添えて先端に陰戸を押しつけ、ゆっくり腰を沈めていくと、たちまち彼自身はヌルヌルッと滑らかに根元まで嵌《は》まり込んでいった。

二

「アアッ……。お、奥まで届きます……」

股間を密着させた奈緒が、顔を仰《の》け反《ぞ》らせて喘いだ。

頼之も温もりと感触に包まれ、快感を高めながら内部で幹を震わせた。

そして両手を伸ばして引き寄せると、奈緒もキュッキュッと味わうように膣内を収縮させながら、ゆっくりと身を重ねてきた。

彼は両手を回して抱き留め、膝を立てて尻を支えると、潜り込むようにして乳首に吸い付いていった。

今日も乳首から乳汁《ちしる》が滲んでいるが、もうあまり出なくなる時期になっているのか、吸い付いても分泌されるのは僅かだった。

それでも生ぬるく薄甘い乳汁でうっとりと喉を潤すと、甘ったるい匂いが胸に沁み渡ってきた。

両の乳首を交互に含んで吸い、滲む乳汁を味わってから腋毛《わきげ》の煙る腋の下に鼻を埋め込み、濃厚に甘ったるい汗の匂いに噎せ返った。

やはり最前から無理ばかりさせているから、相当に汗ばんでいた。

頼之は奈緒の白い首筋を舐め上げ、下から唇を重ねていった。

舌を挿し入れ、きっしりと頑丈そうに並んだ滑らかな歯を舐めると、彼女も長い舌をからめてきた。

彼は滑らかに蠢く舌を味わい、生温かな唾液のヌメリをすすった。

ズンズンと股間を突き上げはじめると、大量の淫水ですぐにも律動が滑らかになり、クチュクチュと湿った摩擦音が響いた。

「アア……。い、いい気持ち……」

奈緒が口を離し、淫らに唾液の糸を引いて喘いだ。

頼之は花粉臭の吐息を嗅いで興奮を高め、突き上げを強めていった。

「唾《つば》を垂らしてくれ」

下から言うと、奈緒も少しためらってから口に唾液を溜め、顔を寄せてクチュッと吐き出してくれた。

小泡の多い唾液を舌に受けて味わい、うっとりと喉を潤した。

「顔に唾を吐きかけてくれ、強く本気で」

「で、出来ません。お許しを……」

せがむと、奈緒は声を震わせて答えた。

顔は躊躇《ためら》いと戸惑いに満ちているのに、陰戸は淫水が大洪水になって収縮が増していた。

「奈緒にしか頼めぬのだ。姫にせがむわけにゆかぬし」

「ど、どうしてもしなければいけませんか」

「ああ、いけない。誰にも内緒で、余がお前だけに望むことだ」

股間を突き上げながら言うと、奈緒も悲痛な決意に唇を引き締め、眉をひそめながらも口を寄せ、ペッと吐き出してくれた。

「ああ、もっと強く。何度も……」

顔中にかぐわしい息と生温かな唾液のヌメリを感じ、彼は激しく高まりながら言った。

すると奈緒も、快感に我を忘れたように何度となく強く吐きかけてくれながらガクガクと狂おしい痙攣《けいれん》を開始したのだった。

「き、気持ちいい……。アアーッ……！」

奈緒が声を上ずらせ、全身を激しく揺すって気を遣ってしまった。

家臣として、決してしてはならぬことを若君にして、あっという間に絶頂に達してしまったようだ。

膣内が激しい収縮を繰り返し、巻き込まれるように続いて頼之も昇り詰めてしまった。

「何と、心地よい……！」

彼も絶頂の快感に呻き、ありったけの熱い精汁をドクンドクンと勢いよくほとばしらせた。

「あう……！」

噴出を感じ、駄目押しの快感を得たように奈緒が呻き、さらにキュッときつく締め上げてきた。彼は突き上げを強めて快感を嚙み締め、心置きなく最後の一滴まで出し尽くしていった。

「アア……」

すっかり満足して声を洩らし、彼は徐々に突き上げを弱めていった。

奈緒は、いつしか全身の強《こわ》ばりを解いてグッタリとなり、半分失神したように彼にもたれかかっていた。

それでも膣内は、いつまでも名残惜《なごりお》しげな収縮を繰り返し、刺激された幹が内部で過敏にヒクヒクと跳ね上がった。

そして頼之は彼女の重みと温もりを受け止め、熱く悩ましい匂いを含む吐息でうっとりと胸を満たし、快感の余韻に浸り込んでいったのだった。

徐々に、奈緒が我に返りはじめたようだ。

「ああ、私はいったい……」

彼女が夢から覚めたように、力なく言う。どうやら、今までで最高の快感が得られたようだった。

「すごく良かった。奈緒も激しく気を遣ったのだな」

「私は、とんでもないことを……」

自分のしたことを一つ一つ思い出したか、奈緒が声を震わせて身を起こした。

「ああ、余が求めたことだ。気にせず、またしてくれ」

「そ、そんな……」

奈緒は涙ぐんで答え、懐紙《かいし》を手にしてそろそろと股間を引き離すと急いで陰戸を拭き清めた。

そして頼之の股間を丁寧に拭き、恐縮しながら洟《はな》をすすり、唾液に濡れた彼の顔も拭ってくれた。

「泣くな。むしろ余の望みを叶《かな》えてくれたことに礼を言いたいぐらいだ」

「滅相《めっそう》も……」

奈緒が嗚咽《おえつ》を堪えて言う。

家老の娘で元剣術指南役ということで、忠義の鑑《かがみ》のような女だから、若君に求められたとはいえ、顔を踏んだり、顔に跨がってゆばりを飲ませ、顔に唾を吐きかけるなど相当な衝撃だったのだろう。

顔を拭かれると唾液の匂いが悩ましく鼻腔をくすぐり、さらに彼がベソをかいている奈緒の鼻の穴を舐め回し、鼻水をすすると、それは淫水そっくりなヌメリと味わいがあった。

それらを味わっているうち、頼之はまたムクムクと激しく回復しそうになってしまった。

そして拭き終えると彼は奈緒を横たえ、自害でもされたら大変なので、落ち着くまで添い寝していたのだった……。

三

――翌日、朝餉を終えると頼之は、重兵衛に言って奥にある書庫に入り、田代藩の歴史や政《まつりごと》に関する書物に目を通した。

奈緒も健気《けなげ》に自分を取り戻し、昨夜のことは夢だったのだと思い込むことにしたか、いつもと変わらぬ様子で彼も安心したものだった。

他の家臣たちは、今日も菜月姫を迎える仕度で、畳を換えたり調度品を調《ととの》えることに余念がなかった。

つぶさに藩政の記録に目を通していると、淫気も忘れて夢中になった。

いずれ父の跡を継ぐのだから、全ては必要な知識である。

そして昼餉を済ませると、再び書庫に入ったものの、そろそろ頼之は淫気を催《もよお》しはじめてしまった。それほど、ここのところ昼も夜も快楽を味わう習慣になっているのだ。

すると、彼の高まりを察したかのように、茜と小眉が布団を持って書庫に入って来たではないか。

「夕刻まで、ここには誰も来ませんので」

茜が書庫の片隅に床を敷き延べて言い、小眉もすっかり着物が板についてきたようだ。

「どうしても、小眉が私と一緒に若様を味わいたいと言うものですから」

茜が帯を解きながら言うと、小眉も笑みを含んで脱ぎはじめた。

「二人で一緒にか」

頼之は急激な興奮に包まれ、手早く脱ぎ去っていった。

全裸になった彼が布団に仰向けになると、茜と小眉も一糸まとわぬ姿になって左右から迫ってきた。

もちろん彼自身は、ピンピンに雄々《おお》しく屹立《きつりつ》している。

「しばし、じっとしていて下さいね」

小眉が言い、屈《かが》み込んで彼の乳首にチュッと吸い付くと、茜も、もう片方の乳首に口を押しつけてきたのだ。

「ああ……」

頼之は両の乳首を同時に舐められ、熱い息で肌をくすぐられながら喘ぎ、クネクネと身悶《みもだ》えた。

やはり二人がかりだと、快感と興奮も倍加するようだ。

まして二人は淫法を修め、何らためらいなく心地よいことをしてくれるのだ。

姉妹のように美しい二人が、チロチロと彼の左右の乳首を舐め、音を立てて吸い付いてくれた。

「か、嚙んでくれ……」

興奮を高めながら言うと、そこは奈緒とは違い、二人ともキュッと彼の乳首に歯を立ててくれた。

「アア、もっと強く……」

頼之は甘美な刺激に身をよじり、屹立した幹を震わせた。

やがて二人は申し合わせたように彼の肌を舐め下り、たまに脇腹にも歯を食い込ませた。

そして腰から脚を舐め下り、二人同時に両の足裏を舐めてくれたのだ。

まるで股間を最後に取っておく、彼の日頃の順序のようである。

左右の爪先がしゃぶられ、指の股にヌルッと舌が割り込むと、

「あう……」

頼之は申し訳ないような快感に呻いた。

しかし二人も厭《いと》わずしゃぶり、彼を感じさせるというより、仲良しの二人で若君の全身を賞味しているようだった。

生温かなヌカルミでも踏むような心地を味わい、やがて全ての指をしゃぶり尽くすと、二人は彼を大股開きにさせ、脚の内側を舐め上げてきた。

内腿にもキュッと歯が食い込むたび、彼はウッと快感に呻いた。

二人は頬を寄せ合い、股間に顔を迫らせてきた。

すると茜が彼の両脚を浮かせ、まず尻の谷間に舌を這わせてきたのだ。

充分に舐めて濡らしてからヌルッと潜り込ませ、その間小眉は彼の尻の丸みを小刻みに甘噛みしている。

「く……！」

頼之は快感に呻きながら、潜り込んだ茜の舌をモグモグと肛門で締め付け、勃起した先端から粘液を滲ませた。

茜が蠢かせていた舌を引き抜くと、すかさず小眉が同じように舐め、ヌルリと挿し入れてきたのだ。

立て続けだと、二人の舌の感触や蠢きが微妙に異なり、いかにも二人がかりでされている実感が湧いた。

小眉も舌を引き抜くと脚が下ろされ、二人は頬を寄せ合って、同時にふぐりにしゃぶり付いてきた。

それぞれが睾丸を舌で転がすと、股間に混じり合った熱い息が籠もった。

互いの舌が触れ合っても気にならないようなので、やはり小眉の言ったように、里では淫法修行として女同士、様々な愛撫を稽古《けいこ》し合ってきたのだろう。

時にチュッと吸われると、

「あう……」

急所だけに頼之は声を洩らし、思わず腰を浮かせた。

やがて二人分の生温かな唾液に袋全体がまみれると、二人は同時に前進し、屹立した肉棒も裏側と側面を一緒に舐め上げてきた。

それぞれ滑らかな舌先が先端まで来ると、競い合うように鈴口の粘液が舐め取られた。

そして、先に茜がスッポリと喉の奥まで呑み込み、頬をすぼめて吸い付きながらスポンと引き抜くと、すかさず小眉が同じように含んでくれた。

笑窪《えくぼ》の浮かぶ頬をすぼめて舌をからめ、チュパッと軽やかに引き離すと、今度は二人一緒に亀頭を舐め回した。

「い、いきそうだ……」

頼之が絶頂を迫らせ、腰をよじって言うと二人も顔を上げた。

やはり若君に、そう何度も連続して射精させられないのだろう。

「どうしてほしいですか」

「下から、お前たちの足を舐めたい」

訊《き》かれて答えると、二人はすぐに立ち上がり、ためらいなく彼の顔の左右にスックと立った。

二人の全裸を見上げるのは、奈緒以上の迫力である。

彼女たちは互いの身体を支え合うと、片方の足を浮かせてそっと頼之の顔に乗せてきた。

「ああ……」

二人分の足裏を顔に受け、彼はうっとりと喘いだ。

それぞれの足裏を舐め回し、順々に指の股に鼻を押しつけ、ムレムレになった匂いを貪った。そしてしゃぶり付き、汗と脂の湿り気を味わい、足を交代させて堪能し尽くしたのだった。

「跨いで、しゃがんでくれ」

言うと、やはり姉貴分の茜が先に顔に跨がり、ゆっくりしゃがみ込んできた。

内腿と脹《ふく》ら脛《はぎ》がムッチリと張り詰めて量感を増し、蜜に濡れた陰戸が鼻先に迫った。

頼之は茜の腰を抱き寄せ、柔らかな茂みに鼻を埋め、舌を這わせていった。

隅々には汗とゆばりの蒸れた匂いが馥郁《ふくいく》と籠もり、彼は鼻腔を刺激されながら膣口を掻き回し、オサネまで舐め上げていった。

小眉も、そんな様子に目をキラキラさせながら覗《のぞ》き込んでいる。

「ああ……」

茜が喘ぎ、蜜の量が増えてきた。

彼は味と匂いを貪ると、尻の真下に潜り込み、顔中に弾力ある双丘を受け止めながら谷間の蕾に鼻を埋め込んだ。

蒸れた匂いで鼻腔を満たし、舌を這わせてヌルッと潜り込ませ、茜の前も後ろも充分に味わうと、やがて彼女は身を離し、小眉のために場所を空けた。

小眉もすぐに跨がり、彼は清らかな蜜の溢れる陰戸を舐め回した。

やはり同じように、若草の隅々には汗とゆばりの匂いが悩ましく籠もり、微妙な違いを味わいながら彼は激しく興奮を高めた。

「アア、いい気持ち……」

オサネを舐め回すと小眉が熱く喘ぎ、遠慮なくキュッと彼の顔に股間を押しつけてきた。

彼は小眉の尻の真下にも潜り込み、秘めやかな匂いを貪り、可憐《かれん》な蕾を舐め回して潜り込ませ、ヌルッとした滑らかな粘膜を味わった。

「あう……」

小眉が呻き、キュッときつく肛門で舌先を締め付けた。

やがて頼之が、二人分の前も後ろも味と匂いを貪ると、二人は身を離した。

「どうなさいますか。交接は、どちらでもお好きな方を」

茜が訊いてきた。

「先に茜の中で果てたい。そのあと小眉だ」

「続けて、大丈夫ですか」

「ああ、二人とも味わいたい」

「承知しました」

茜は答え、彼の股間に跨がってきた。そして先端を濡れた陰戸に押し当て、腰を沈めてゆっくり受け入れていった。

「アア……」

ヌルヌルッと根元まで嵌め込むと、茜が顔を仰け反らせて喘ぎ、ピッタリと股間を密着させてきた。

頼之も摩擦と締め付け、温もりと潤いに包まれて快感を嚙み締めた。

小眉も期待に顔を熱くさせながら、二人の接点を覗き込んでいた。

両手で茜を抱き寄せ、膝を立てて尻を支え、彼は潜り込んで両の乳首を舐め回した。

顔中で膨《ふく》らみを味わい、腋の下にも鼻を埋め、すっかり馴染《なじ》んだ茜の甘ったるい汗の匂いで胸を満たした。

さらに小眉を添い寝させ、その乳首にも吸い付いて舌で転がした。

二人分を味わえるとは、何という贅沢《ぜいたく》であろう。他藩の若君も、このような快楽を知っているのだろうかと思った。

小眉の体臭も心ゆくまで味わい、頼之は仰向けのまま二人の顔を引き寄せた。

唇を求めると、ためらいなく二人も同時に口を押しつけ、舌をからめはじめてくれた。

これも贅沢な快感である。

それぞれの舌を舐め、生温かな唾液をすすり、二人の混じり合った熱い吐息が心地よく鼻腔を湿らせた。

二人も、彼が好むのを知っているので、ことさら多めの唾液を注ぎ込んでくれた。頼之は二人分の唾液でうっとりと喉を潤し、ズンズンと股間を突き上げはじめた。

「アア……」

茜が口を離して喘ぎ、合わせて腰を動かした。

何とも心地よい摩擦に高まり、さらに彼はそれぞれの吐息で胸を満たした。

二人の異なった果実臭が鼻腔で入り混じり、悩ましい刺激が胸に沁み込んできた。

「い、いく……！」

たちまち頼之は絶頂に達し、口走りながら熱い精汁を勢いよく放った。

「か、感じます……。アアーッ……！」

噴出を受けた茜も声を震わせ、ガクガクと狂おしい痙攣を繰り返して気を遣ってしまったようだ。

頼之は最後の一滴まで出し尽くし、満足しながら力を抜いていった。

茜もグッタリともたれかかり、彼は二人分のかぐわしい吐息を嗅ぎながら、うっとりと余韻を味わった。

やがて呼吸を整えて茜が身を離すと、淫水と精汁にまみれた一物に小眉がしゃぶり付いてきたのだ。

「あうう、もういい……」

頼之が腰をくねらせて呻くと、小眉も顔を上げて悪戯《いたずら》っぽく笑みを洩らした。

四

湯殿に移動して股間を洗ってもらうと、頼之は簀《す》の子《こ》に座ったまま茜と小眉を抱き寄せた。

書庫から湯殿はそう離れておらず、屋敷の奥まった廊下を通るので誰にも見られることはなかった。

一応は移動のとき着物を羽織っているし、茜も重兵衛に書庫と湯殿を使うことは報《しら》せたようで、誰も奥へ来ぬよう言っておいたのかも知れない。

もっとも家臣たちは、姫を迎える仕度で忙しいのだ。

奈緒は合間を見て、近くの屋敷へ戻って赤ん坊の世話をしているらしい。

「ゆばりを出してくれ」

言うと二人は、座り込んだ彼の両肩にそれぞれ跨がり、顔に股間を突き出してくれた。

頼之も、交互に二人の陰戸を舐め回してムクムクと回復してきた。

彼を洗ってくれただけで、まだ二人は身体を流しておらず、それぞれの陰戸には悩ましい匂いが沁み付いたままだった。

「あう、出ます……」

先に茜が言い、チョロチョロと熱い流れを放ってきた。

それを舌に受けて味わうと、間もなく小眉の陰戸からも清らかな流れがほとばしった。

頼之は代わる代わる味わい、うっとりと喉を潤した。

どちらも味と匂いは淡いものだが、二人分となると悩ましく鼻腔が刺激され、彼は全身に温かなゆばりを浴びながら完全に元の硬さと大きさを取り戻したのだった。

二人も勢いを付けて遠慮なく放尿し、やがて流れが治まってきた。

頼之はそれぞれの割れ目を舐め回し、混じり合った残り香に酔いしれた。

全て出しきると、二人は彼の顔や全身を洗ってくれ、すっかり屹立している一物を見て言った。

「ここで致しましょうか。済めばすぐ流せるので」

「ああ、構わぬ」

「では私の上に寝て下さいませ」

茜が言い、簀の子に仰向けになった。その上に頼之が寝ると、背に押しつけられた乳房が心地よく弾んだ。

すると小眉が屈み込み、張り詰めた亀頭にしゃぶり付き、たっぷりと唾液にまみれさせてから身を起こして跨がってきた。

陰戸を先端に当て、ヌルヌルッと一気に根元まで受け入れると、

「アア……、いい……」

小眉が喘ぎ、キュッと締め付けながら身を重ねてきた。

頼之も彼女を抱き留めながら、熱いほどの温もりと心地よい収縮を味わった。

「二人分の重みで辛《つら》くないか」

「大事ありません。どうかご存分に」

茜に気遣《きづか》って言うと、彼女は肩越しに甘い吐息で答え、両手を回して彼と小眉の両方を抱き留めた。

柔らかで弾力ある肉布団が何とも心地よく、彼はすぐにも小眉の陰戸にズンズンと股間を突き上げ、唇を求めた。

「ンンッ……」

小眉も熱く鼻を鳴らし、ネットリと執拗に舌をからめながら温かな唾液を注いでくれた。

そのまま彼が横を向くと、茜も舌を伸ばし、再び三人で舌をからめ、彼は混じり合った息の匂いに高まってきた。

「アア、いきそう……」

小眉が口を離して喘ぎ、収縮と潤いを増していった。

頼之が小眉の開いた口に鼻を押し込むと、彼女も下の歯並びを彼の鼻の下に当ててくれた。

目の前に小眉の鼻の穴が愛らしく迫り、そこからも熱い息が洩れた。

甘酸っぱい濃厚な吐息に鼻腔を刺激され、さらに茜の果実臭も入り混じり、たちまち彼は絶頂を迫らせてしまった。

「い、いく。何と良い……！」

頼之は胸を満たしながら口走り、小眉の良く締まる肉壺の中で昇り詰めてしまった。快感とともに、ありったけの熱い精汁がドクンドクンと勢いよく内部にほとばしると、

「気持ちいい……。アアーッ……！」

小眉も奥深い部分を直撃されて声を上げ、ガクガクと狂おしい痙攣を起こして気を遣ってしまった。

頼之は快感を味わい尽くし、心置きなく最後の一滴まで出し尽くしていった。

満足しながら徐々に突き上げを弱めていくと、

「ああ……、溶けてしまいそう……」

小眉も満足げに喘ぎ、いつまでもキュッキュッと肉棒を締め付け続けた。

やがて完全に動きを止めると、彼は心地よい美女たちの肌に上下から挟まれながら、収縮する小眉の中でヒクヒクと過敏に幹を震わせた。

そして小眉の甘酸っぱい吐息と、肩越しに感じる茜の匂いを嗅ぎながら、うっとりと快感の余韻に浸り込んでいったのだった。

やがて彼が二人の温もりに包まれながら呼吸を整えると、そろそろと小眉が股

間を引き離してきた。

そのままさっきと同じように、満足げに萎《な》えた亀頭にしゃぶり付き、ヌメリを舐め取ってくれたのだった。

「く……、もう良い……」

頼之が幹を震わせ、やがて身を起こすと、ようやく小眉も口を離してくれた。

そしてもう一度、三人で体を洗い、部屋に戻ったのだった。

五

「いよいよ明日ですね。姫様がお越しになるのは」

寝しなに、頼之の部屋に来た奈緒が言った。

「ああ、重兵衛とともに国境《くにざかい》まで行って出迎えることになった」

「ええ、私もおとも致しますので」

奈緒も、楽しみにしているように笑みを含んで答えた。

明日、菜月姫が来て仮祝言《かりしゅうげん》を済ませると、明後日《あさって》にも江戸へ向けて一行は出立《しゅったつ》することになっている。

「ただ、今日名主に会って気になることを聞き及んだのですが」

「何か」

「たまに、作物が盗まれるようです」

「森から動物でも下りてきているのか」

「いいえ、人です。ここ何年か山賊《さんぞく》など見かけなかったのですが、どうやら食い詰め浪人たちが徒党を組み、山中に棲《す》みついているようなのです」

「そうか……」

「むろん明日は大事な日ですので、警護の増員を致しました」

奈緒が言う。

明日は輿入《こしい》れのため、多くの荷や持参金なども運ばれてくるだろう。山賊に襲われて金を奪われ、そのうえ姫まで掠《さら》われては大変である。

だが、茜や小眉という強い味方もいるので大丈夫だろう。

頼之は、明日のことは明日として、今はモヤモヤと淫気を覚えてしまった。

「明日の夜は、菜月姫を抱いても良いのだろうな」

「ええ、仮祝言を済ませれば、もう夫婦《めおと》と同じでございましょうから」

訊くと、奈緒が答えた。

確かに頼之は、少しでも多く菜月と情交をし、菜月もまた一日にでも早く孕《はら》むのが当面の重要な役割なのである。

「入れる前に、陰戸や一物を舐め合っても良いのだろうな」

「そ、それは……」

言うと奈緒は絶句し、濃厚に甘ったるい匂いを揺らめかせた。

「濡れてもおらぬのに入れるのは痛いのではないか。まして生娘《きむすめ》なのだから」

「そ、それはそうでございますが……。やはり武士が女の股座《またぐら》に顔を差し入れるのは如何《いかが》なものかと……」

「我らは普通に行っているのにか」

「気心が知れれば、そうしたこともするでしょうが、明日は初のお目もじですので……」

奈緒は両膝を掻き合わせてモジモジし、話すうち淫気を催しはじめたのかも知れない。

「姫は、どのように言いつかっているのだろうな」

「ただじっとして、殿御《とのご》に身を任せていれば良いと言われているのでしょうね」

「ならば、余のすることを普通と思ってくれるのではないか」

「し、しかし、爪先やお尻の穴を舐めるのは、お控え下さいませ。ましてゆばりを出させるなど、驚いて帰ってしまうかも知れません。あるいは見ていた乳母が何を言いふらすかも分かりませんので」

「厄介《やっかい》なものなのだな。藩を背負うというのは」

「左様でございますよ」

奈緒が重々しく頷《うなず》いた。

「だが、口吸いをして乳を舐めて、すぐ挿し入れるのは苦痛であろう」

「初回が痛いことも、言い聞かせられているはずです」

奈緒の言葉に、誰もが小眉のように張り形で稽古していてくれれば良いのにと彼は思ってしまった。

「まず、どのような順序か試させてくれ」

頼之は言い、寝巻を脱ぎ去ってしまった。

すると奈緒も素直に帯を解くと、寝巻姿で布団に仰向けになり前を寛《くつろ》げた。

「姫は全部脱がぬものか」

「恐らく、こうして前をはだけるだけでしょう」

奈緒が言い、頼之が迫っていくと、彼女もまるで生娘に戻って初夜を迎えるかのように、神妙に長い睫毛《まつげ》を伏せて身を投げ出した。

彼は上から顔を寄せ、そっと唇を重ねた。そして舌を挿し入れ、お歯黒の歯並びを舐めた。

「舌を出させるのは構わぬか」

「そ、それぐらいなら、乳母に聞かれぬよう耳元で囁《ささや》いて下さいませ」

奈緒が言い、再び唇を重ねて舌を入れると、今度は彼女も歯を開いて舌をからめてくれた。

そして乳首をいじると、

「アア……」

奈緒が口を離して熱く喘ぎ、花粉の匂いの悩ましい吐息を弾ませた。

頼之は首筋を舐め下り、チュッと乳首に吸い付いて舌で転がし、もう片方の膨らみも揉《も》みしだいた。

「あう……！」

もう乳汁はほとんど出ず、僅かに滲んだだけだった。

「これぐらいなら構わぬな。それに陰戸を探りたい。濡れているかどうか確かめなければならぬ」

「え、ええ……。それぐらいなら……」

彼女が言うと、頼之は左右の乳首を交互に含んで舐め回し、そろそろと股間に手を伸ばしていった。

白く滑らかな内腿を撫《な》で上げ、やがて指先が陰戸に触れると、そこは大量の淫水が溢れていた。

割れ目を探り、大きなオサネをクリクリといじると、

「く……！」

奈緒が懸命に奥歯を噛み締めて呻き、内腿でキュッと彼の指を挟み付けた。

「姫も、これほど濡れていれば難なく挿し入れられるのだが」

「あう、後生《ごしょう》です、仰《おっしゃ》らないで……」

囁くと、奈緒が羞恥に身をくねらせて呻いた。

「だが姫は、これほど濡れていないだろうから、やはり舐めなければ」

「ど、どうしてもお舐めするのならば、薄掛けを被って乳母から見えぬようにしたら……」

奈緒が息を詰めて言う。あるいは、今すぐ舐めてほしいから言ったのかも知れない。

「なるほど」

頼之は答え、薄掛けを被って彼女の股間に顔を埋め込んでいった。

茂みに鼻を擦《こす》りつけ、蒸れた汗とゆばりの匂いを貪りながら舌を挿し入れ、濡れた膣口の襞をクチュクチュ掻き回し、大きく突き立ったオサネまで舐め上げていった。

薄暗くてよく見えないが、それでも中に女の匂いが悩ましく籠もり、これはこれで興奮が高まった。

「アア……」

奈緒が熱く喘ぎ、内腿でムッチリと彼の両頬を挟み付けてきた。

「布団を被れば、爪先や尻を舐めても構わぬのではないか」

「ど、どうか、お止《や》め下さいませ。それより早く本手《ほんて》（正常位）にて……」

奈緒が、姫の代わりを演じながら、激しく腰をよじってせがんできた。

「まだ余は舐めてもらっていないし、唾で濡らした方が入りやすいだろうに」

「しょ、初回からそれは酷《こく》かと存じますので……」

「左様か、ならば陰戸を舐めただけでもよしとしようか」

彼は言い、やがて味と匂いを堪能してから身を起こして股間を進めていった。

股を開かせ、充分すぎるほど濡れている割れ目に先端を擦りつけ、ヌメリを与えてからゆっくり挿入していった。

「く……！」

ヌルヌルッと根元まで嵌め込むと、奈緒が息を詰め、ビクリと顔を仰け反らせてきつく締め付けた。

肉襞の摩擦と温もりが心地よく肉棒を包み込み、彼は股間を密着させて身を重ねていった。

そして乱れた寝巻の中に潜り込み、色っぽい腋毛に鼻を埋め込み、濃厚に甘ったるい汗の匂いに噎せ返った。

「腋ぐらい舐めるのは良いか」

「お、お臍《へそ》より上ならば大概のことは大丈夫と存じます……」

聞くと奈緒が答え、ズンズンと股間を突き上げたいのを懸命に我慢しているようだ。やはり、少しでも姫の反応を学んでもらおうという気持ちになっているのだろう。

頼之は奈緒の熟れた体臭で胸を満たし、舌を這わせ、恥毛に似た腋毛の感触を味わった。

そして屈み込むと、もう一度左右の乳首を味わってから、彼女の肩に腕を回して肌の前面を密着させた。

胸の下で押し潰《つぶ》れた乳房が心地よく弾み、恥毛が擦れ合い、奥からコリコリする恥骨の膨らみも伝わってきた。

唇を重ね、ネットリと舌をからめながら徐々にズンズンと腰を突き動かしはじめると、

「ンンッ……！」

奈緒が熱く呻き、かぐわしい息で彼の鼻腔を湿らせながら、無意識に股間を突き上げてきたのだ。やはり激しく高まった快感で、否応《いやおう》なく腰が動いてしまったのだろう。

収縮と潤いが増すと、大量のヌメリで動きが滑らかになり、ピチャクチャと淫らに湿った摩擦音も聞こえてきた。

いつしか股間をぶつけるように激しく腰を動かし続けると、

「アア……、も、もう駄目です。堪忍……」

奈緒が口を離し、息も絶えだえになって喘いだ。

頼之も、奈緒の花粉臭の吐息に酔いしれながら律動を続けると、

「い、いく……。アアーッ……！」

先に奈緒が激しく気を遣り、声を上ずらせながらガクガクと狂おしい痙攣が開始された。腰が跳ね上がると小柄な彼の全身まで上下し、まるで暴れ馬にしがみつく思いだった。

そして締め付けと摩擦に包まれると、頼之も激しく昇り詰めてしまった。

「く……、何と良い……」

突き上がる快感に息を詰めて口走り、ありったけの熱い精汁をドクンドクンと勢いよく注入した。

「あう、すごい……」

噴出を感じ、駄目押しの快感に奈緒が呻き、キュッときつく締め付けた。

彼は心ゆくまで快楽を嚙み締め、最後の一滴まで出し尽くしていった。

そして満足しながら徐々に動きを止め、遠慮なく大柄な奈緒の体に身体を預けていくと、

「アア……」

彼女もすっかり満足したように声を洩らし、肌の強ばりを解いてグッタリと身を投げ出していった。

頼之は重なったまま、まだ息づく膣内でヒクヒクと過敏に幹を震わせた。

「あう……。どうか、もう……」

奈緒も敏感になって呻き、膣内を収縮させ続けた。それは、まるで歯のない口に含まれ、舌鼓《したつづみ》でも打たれているような快感だった。

彼は奈緒の喘ぐ口に鼻を押しつけ、湿り気ある熱い花粉臭の吐息でうっとりと胸を満たしながら余韻を味わった。

「アア。良かったが、やはり爪先や尻を舐めないのは物足りぬ……」

「ど、どうか、姫様には今した以上のことはお控えを……」

頼之が言うと奈緒が、激情が過ぎ去ったあとでも彼を心配するように息を弾ませて言った。

やがて呼吸を整えると、彼はそろそろと身を起こして股間を引き離した。

「姫は自分で拭くのか」

「いえ、恐らく乳母が出てきて始末をして、精が放たれたかどうか確かめるのでしょう」

言うと、奈緒が懐紙に手を伸ばし、自分で陰戸を拭きながら答えた。

「何とも面倒だな」

「ええ、若様は、自分で拭いてからご自身の寝所に戻れば良いのです」

奈緒は言ったものの、もちろん頼之は自分で拭かずに再び横になった。

すると彼女が身を起こし、彼の一物を優しく拭き清めてくれた。

「さあ、これで明日の夜をつつがなくお迎えできますでしょう」

まだ心配げに奈緒は言いつつ、やがて身繕《みづくろ》いをすると行灯を消して彼に薄掛けを掛け、静かに部屋を出て行ったのだった。

第五章　新妻の羞じらい蜜

一

翌日の昼前、頼之は乗物で領内の外れまで出向いた。そこは山間《やまあい》で、隣の松崎藩との交流をする道になっている。

重兵衛は馬で、奈緒は歩きで久々らしいが髪を下ろし、袴《はかま》姿で脇差を帯びている。さすがに大刀は、重兵衛に止められたのかも知れない。

他に、国許の腕に覚えのある家臣たちに江戸から来た手練《てだ》れも交え、少し離れた場所には役人たちも控えていた。

国境《くにざかい》まで来て乗物を止めると、彼方《かなた》からも馬と乗物、十数人の武士たちがこちらに向かってきた。

頼之も乗物を出て眺めると、馬上の国家老らしい白髪頭が駆け寄ってきた。

「これは、お出迎え恐縮にござる！」

下馬すると、隣藩の家老は頼之と重兵衛を認めて言い、頭を下げた。

その間も、姫の乗ったらしい乗物と一同も、こちらの領内に入って止まった。

松崎藩の乗物の扉が開くと、白無垢《しろむく》が姿を現し、侍女に手を引かれて立ち上がった。

綿帽子《わたぼうし》姿の、菜月姫である。

紅白粉《べにおしろい》を付けて俯《うつむ》いていても、整った顔立ちは実に見目麗《みめうるわ》しく、見た頼之は安堵《あんど》とともに股間を熱くさせてしまった。

「頼之様、菜月姫にございます」

家老が言うと、頼之と重兵衛も近づいて頭を下げた。

「ささ、とにかく屋敷の方へ」

重兵衛が言ったそのときである。

左右の斜面から、いきなり弓鳴りと鬨《とき》の声が聞こえてきた。

見ると矢が射かけられ、両側の崖《がけ》から男たちが滑り降りてきたではないか。

みな獣皮の羽織に剛刀を差し、むくつけき山賊《さんぞく》たちが左右から襲いかかってきたのである。

両側合わせて四十人というところか。

「チイッ！　我が領内で舐めた真似を」

重兵衛が舌打ちして言い、

「おのおの、油断めさるな！」

その声に一同は身構えた。山賊が襲うかも知れぬという報《しら》せに半信半疑だった役人たちも、色めき立って周囲に布陣を張りはじめる。

「父上、拝借！」

奈緒が言い、重兵衛の大刀をスラリと抜くなり、飛来する矢を発止《はっし》と叩き落とした。

「若、姫、乗物へ！」

奈緒に言われ、頼之は立ちすくんだ菜月の手を引き、自分の乗物へと一緒に入った。

奈緒が懸命に矢を払っているが、何本かは戛《かっ》！　と音がして乗物に刺さったようで、そのたびに菜月が身をすくめた。

それでも、幼い頃から病で何度も死線をくぐってきたせいか、不思議に頼之に恐れはない。

「大事ない。余がついているぞ」

彼は言い、震えている菜月を抱きすくめて囁《ささや》いた。彼女も、甘い匂いを揺らめかせながら、不安げに小さく頷《うなず》いた。

頼之は淫気を催《もよお》し、この場で姫を抱きたい衝動に駆られながらも、外が気になって窓を開けた。

見ると、弓ばかりでなく鉄砲も用意しているらしい。

だが、そこへ檜皮色《ひわだいろ》の二人が素早く飛び込んできた。

茜と小眉である。

二人は崖の上にいる射手に、電光のような速さで手裏剣《しゆりけん》を投げつけていた。

「うわッ……」

鉄砲を持った男は棒手裏剣で肩を貫かれ、空を撃ちながら崖から転げ落ちてきた。銃声が、殷々《いんいん》と山間に谺《こだま》する。

茜と小眉の手裏剣で、飛び道具を持った連中が射止められ、下に降り立った山賊たちには双方の家臣たちが白刃《はくじん》で迎え撃ち、役人たちも棒やサスマタを持って立ち向かった。

それでも、みな稽古《けいこ》とは違い睨《にら》み合うばかりである。

さすがに奈緒はしゃしゃり出て斬《き》り込むことはなく、屈強な陸尺《ろくしゃく》たちと乗物のそばから離れなかった。

人数はほぼ互角、腕は山賊の方がやや上かも知れないが、何しろ茜と小眉の働きが目覚ましかった。

手裏剣が尽きると腰の小刀を抜き、白刃の中に飛び込んでは敵の利き腕に斬りつけ、蹴りを水月《すいげつ》にめり込ませている。

露《あら》わになった二の腕と太腿が躍動し、束ねた長い髪をなびかせ、目にも止まらぬ速さで山賊たちを難なく倒してゆくのだ。

茜と小眉は二手に分かれ、左右の崖から下りてくる敵を相手にしていた。

山賊に対する家臣と役人たちが膠着《こうちゃく》している間を、二人が駆け抜けるたび怒声とともに大男たちが地に這っていった。

「あの二人は……」

一緒に見ていた菜月が、か細く言った。

「ああ、当藩の抱える素破《すっぱ》だ」

「素破……」

頼之が答えると、彼にピッタリとしがみついている菜月は息を震わせて呟《つぶや》き、それでも二人の神業のような大活躍で徐々に緊張が解け、恐怖も消え去ってきたようだ。

菜月の吐息には、ほんのりと甘酸っぱい香りが含まれ、それは野生の果実の匂いのする茜や小眉とは違い、桃のように上品な匂いが感じられ、その刺激が彼の鼻腔《びこう》から悩ましく股間に伝わっていった。

「殺すな、生け捕れ！」

重兵衛の声が響いた頃には、山賊の大部分が苦悶《くもん》して転がっていた。

やはり婚礼の吉日に、領内を血で汚したくないようだ。

たちまち残るは一人の、首領株らしい髭面《ひげづら》の大男だけとなった。

山から行列を見下ろし、襲って荷と姫を奪おうとしていたのだろう。

「き、聞いてないぞ。こんな強い女たちがいるなど……」

抜いた剛刀を震わせて言う。

細腕の家臣たちぐらい造作もないと思っていたのに、何と二人の女に全滅させられたようなものだ。

そこへ茜と小眉が飛び込み、猛烈な当て身を食らい、

「むぐ……！」

大男は白目を剝《む》いて昏倒《こんとう》してしまった。

「茜、小眉、ご苦労！」

重兵衛が言うと二人は息も切らさず小刀を拭《ぬぐ》って刀を納め、手早く手裏剣を回収していった。

役人たちも、倒れた山賊たちを捕縛《ほばく》し、引き立たせていった。

「怪我人はいないか！」

重兵衛が言って周囲を見回したが、家臣の大部分は山賊と一合も刀を合わせることなく、狐《きつね》につままれたように顔を見合わせて納刀すると、奈緒も重兵衛に刀を返した。

「け、怪我人はおりません。何しろ、あのお二人があまりに凄《すさ》まじく……」

田代藩の家臣が言った。

そして茜と小眉は一同に頭を下げ、陣屋の方へと走り去っていった。

頼之も、二人の本領を目《ま》の当たりにし、ただ感嘆と興奮に胸を弾ませるばかりだった。

「とんだ余興で、お許しを」

「い、いや、当藩も作物が盗まれ、娘が拐《かどわ》かされそうになったことが何度か。でもこれで一掃《いっそう》されましたでしょう。それにしても見事な手練れを……」

何事もなく、ほっとした様子で重兵衛が頭を下げて言うと、松崎藩の家老も興奮冷めやらぬ様子で答えた。

「さあ、では屋敷の方へ」

重兵衛が言うと、菜月が窓から家老を呼んだ。

「爺《じい》、私はこのまま若様と一緒に乗物で。体が震えて動けませぬゆえ」

「ああ、頼之様さえよろしければ」

家老が言うので、頼之も頷きかけて窓を閉めた。

間もなく乗物が反転し、陣屋へと向かいはじめると、山賊たちの始末は役人に任せ、一同もゾロゾロと行列を再開させた。

頼之は揺られながら、菜月の可憐《かれん》な顔を見つめた。

「あらためて、田代頼之である」

「菜月です。よろしくお願い致します」

囁くと、菜月も彼にしがみついたまま小さく答えた。

「まだ震えているのか」

「いいえ、恐ろしさは消えましたが、まさか昼間から抱き合うなど夢にも……」

菜月が言い、薄化粧の上からでも顔が火照《ほて》っているのが分かった。

緊張と興奮で口中が渇いているのか、姫の息はさっきよりも甘酸っぱい芳香が濃くなっていた。

（ああ、今すぐにでもしたい……）

頼之は思ったが、これから仮祝言《かりしゅうげん》であり、二人きりになれるのは日が暮れてからだろう。

だが誰からも見られることのない囲われた乗物の中だし、少しぐらいなら良いだろうと、彼は菜月に顔を迫らせていった。

二

頼之がそっと唇を重ねると、菜月も身を寄せながら長い睫毛《まつげ》を伏せた。

柔らかな感触と、淡い脂粉《しふん》の匂いが心地よく鼻腔をくすぐった。

しかし紅が溶けるといけないので、彼はすぐに口を離し、

「舌を伸ばせ」

囁くと菜月も素直に、小さな口を開いてチロリと舌を出してくれた。

触れ合わせてチロチロと舐めると、

「アア……」

菜月は熱くかぐわしい息を震わせながら、同じように動かしてくれた。

生温かな唾液に濡れた柔らかな舌が、ヌラヌラと滑《なめ》らかに蠢《うごめ》き、頼之は痛いほど股間を突っ張らせてしまった。

彼女も恐らく朝から嫁入りに緊張しながら田代藩に臨み、そのうえ山賊の襲撃に遭《あ》って激しく動揺し、今は、すっかり朦朧《もうろう》となりながらも、両手でしっかりと彼にしがみついていた。

少々の混乱が良い方へ向かい、どうやら初対面から彼は菜月の心を奪うことが出来たようで、この分ならどこを舐めようと大丈夫ではないかという気になってしまった。

しかし、屋敷に着くまでに勃起を治めなければならない。

彼は充分に無垢な菜月の唾液と吐息を味わってから舌を引っ込めると、彼女も羞じらうように俯いた。

「大丈夫か」

「はい……」

囁くと、菜月も小さく頷いた。

まあ屋敷に着いて、少々彼女がフラついていようとも、襲撃の余韻と思われることだろう。

やがて一行は屋敷に着くと、乗物を下ろし馬を繋《つな》いで邸内に入っていった。

やはり菜月は足元が覚束《おぼつか》なく、それを頼之が優しく支えて歩くと、それを見た双方の家老が微笑《ほほえ》ましげに顔を見合わせて頷き合っていた。

怪我人もなく、二人の仲も良いようなので誰もが安堵したようだ。

頼之と菜月が入ると、すでに宴席の仕度も調《ととの》い、素早く着替えた茜と小眉も着物姿で控えていたのだった。

奈緒も手早く着替え、髪を結って現れた。暴れ足りなかったのか、まだ興奮に顔が上気している。

暫時《ざんじ》の休息を終え、家臣一同が座すと、頼之と菜月も正面に並んで座った。

双方の家老が順々に挨拶《あいさつ》をしたが、何しろ活劇があったので堅苦しくなく、一同にも緊張はなく、むしろ心が一つになったかのように和気藹々《わきあいあい》とした雰囲気が流れていた。

正に、災いが福に転じて、全てが丸く納まったようである。

そして仮祝言が執《と》り行われ、二人は三三九度の盃《さかずき》を交わした。

やがて重兵衛が高砂《たかさご》を謡《うた》うと、あとはざっくばらんな宴となった。

「それにしても、何という強いおなごたちかな」

家臣たちは、茜と小眉の活躍を賞賛した。

松崎藩のみならず、田代藩でも素破の存在を知っているのは限られているので全員が興奮を甦《よみがえ》らせているようだ。

しかし、もちろん似合いの二人、雛人形《ひなにんぎょう》のように並んでいる頼之と菜月を褒《ほ》め称《たた》えることも忘れてはいない。

「とにかく、本当にようござった」

「ええ、この御縁を大切に致したいと思います」

家老たちが言い、料理と酒も進み、頼之も少しだけ酒を飲んだ。

もちろん家臣の誰も、乱れて騒ぐものはいない。

それより、病み上がりの若君が、何よりも宵《よい》を待ち焦《こ》がれていることなど誰も夢にも思わないだろう。

宴もたけなわとなり、頼之もある程度腹を満たすと引き上げることにした。

頼之と菜月が退出し、あとは家臣たちで気ままにさせようと気遣《きづか》い、家老たちも別室に行った。

松崎藩の家臣たちも今宵はここへ一泊し、菜月とともに江戸に発つ少人数を除いては、家老たちも松崎藩に引き上げることになっている。

明朝は早い。

今回は一泊二日の行程で、我孫子宿の本陣に泊まるのみだった。

頼之が休息してから湯殿へ行って口を漱《すす》ぎ、体を洗い、寝巻に着替えた頃には日が傾いていた。もちろん続いて菜月も身を清めている。残念ながら匂いは薄れてしまうが仕方ないだろう。

そして日が落ちる頃、奈緒が迎えにやってきた。

家臣たちも、それぞれ分かれて各部屋に引き上げたようである。

「では、そろそろ姫の寝所へ。もう何も申しませんので、どうか恙《つつが》なく」

「ああ、分かっている。それより山賊の襲撃の折、乗物を守ってくれて大儀だった。礼を言う」

「滅相《めっそう》も。若様こそ、姫様を良くお守りして頂きました」

「ああ、あれがあったので急に仲良くなれたのだ。それより、山賊が恐ろしくなかったか」

「いえ、大したことない連中で拍子抜けしました」

言うと、奈緒がお歯黒の笑みを浮かべて答えた。

「では私も控えておりますので」

奈緒が言い、頼之は一緒に部屋を出て、胸を高鳴らせながら菜月の寝所へと行った。

生娘《きむすめ》は、小眉に続いて二人目だが、小眉は張り形で痛みを克服していたし、女同士で快楽を分かち合っていたから、とにかく菜月相手が最初の生娘のようなものである。

頼之が部屋に入ると、床が敷き延べられ、白い寝巻姿の菜月が座っていた。

奈緒が次の間に座して襖《ふすま》を閉めた。恐らく反対側の襖の向こうには、菜月の乳《う》母《ば》が控えているのだろう。

両側の隙間から覗《のぞ》かれるのは承知で、男に見られるよりずっと良い。

形だけは寝所に二人きりになり、そして誰憚《はばか》ることなく、情交するのが務めなのである。

頼之は菜月に迫った。

黒髪を下ろし、化粧も落としているので、いくら口を舐めても紅が溶ける心配はない。

あらためて素顔を見ても、実に目鼻立ちの整った美形だった。

頷きかけると、菜月も無言で帯を解き、ゆっくりと仰向けになっていった。

頼之も帯を解き、寝巻の前を開いてにじり寄った。二人とも、寝巻の下には何も着けていない。

菜月の寝巻を左右に広げると、左右からの行灯《あんどん》に照らされ、透けるように白く滑らかな肌が露わになった。

さすがに乳首も乳輪も初々《ういうい》しい桜色をして、乳房の膨《ふく》らみも形良い張りを持っていた。

股間のぷっくりした丘には、楚々《そそ》とした恥毛が淡く煙っている。

観察したいが、薄掛けを被ったら見えないだろう。とにかく、今宵は交接して放つのが第一である。

頼之は屈《かが》み込み、菜月に唇を重ねていった。

柔らかな弾力と唾液の湿り気が伝わり、菜月が睫毛を伏せて息を震わせた。

舌を挿《さ》し入れ、滑らかな歯並びを左右にたどると、彼女も怖《お》ず怖《お》ずと歯を開いてチロチロと舌をからめてくれた。

これも、すでに乗物の中でしているから、すんなりと出来たようだ。

生温かな唾液と滑らかな舌の蠢きを味わいながら、そろそろと乳房に手を這わせていくと、

「ク……」

菜月が小さく呻《うめ》き、一瞬チュッと強く彼の舌に吸い付いてきた。

頼之は姫の息で鼻腔を湿らせ、指先で乳首を弄《もてあそ》び、さらに柔肌をたどって股間に指を這わせていった。

滑らかな内腿がムッチリと手を挟み付け、指先で割れ目を探りながら、彼は菜月の手を取り、自分の股間に導いた。

すると菜月もふぐりや幹を探り、これから自分の中に入る肉棒をニギニギと無《む》邪気《じゃき》にいじってくれた。

もちろん彼自身はピンピンに突き立ち、姫の陰戸《ほと》もうっすらと潤《うるお》っていた。

清らかな蜜に濡れた指の腹で、小粒のオサネに触れると、

「あ……」

菜月が小さく声を洩らし、口を離してビクリと顔を仰《の》け反《ぞ》らせた。

喘《あえ》ぐ口からは綺麗な歯並びが覗き、間から桃に似た甘酸っぱい吐息が洩れ、嗅《か》

ぐたびに彼自身は姫の手の中でヒクヒクと震えた。

やがて肉棒から手を離させ、頼之は白い首筋を舐め下りて、チュッと乳首に吸い付いていった。

三

「アア……」

菜月が熱く喘いだが、さすがに躾《しつけ》が行き届いているのか、決して大きな声ではなく控えめだった。恐らく必死に堪《こら》えているので気の毒だが、愛撫を止めるわけにはいかない。

頼之は両の乳首を順々に含んで舐め回し、さらに乱れた寝巻に潜り込み、これぐらいなら構わないだろうと腋《わき》の下にも鼻を埋《うず》め込んだ。

生ぬるく湿った和毛《にこげ》には、湯上がりの香りに混じり甘ったるい汗の匂いが感じられ、悩ましく鼻腔を満たしてきた。

舌を這わせると、感じるというよりも、くすぐったそうに菜月がクネクネと身《み》悶《もだ》えた。

その間も指で陰戸を探ると、心配していたほどでもなく徐々に潤いが増してきたではないか。

やがて頼之は薄掛けを被り、姫の股間へと顔を潜り込ませていった。

乳母の方からは、何をしているかよく見えないだろうが、奈緒は気を揉《も》んでいるに違いない。

陰戸に顔を迫らせると、湯上がりの匂いしかしないが熱気と湿り気が感じられた。暗いので舌で探るしかないが、挿し入れて無垢な膣口を舐めると、ヌメリはほとんど味がなかった。

若草の隅々にも熱気が籠もるだけで匂いは淡く、小粒のオサネまで舌を這わせていくと、

「あう……」

薄掛けの外から菜月の驚いたような呻きが聞こえ、内腿がムッチリと彼の顔を挟み付けてきた。

チロチロとオサネを舐めると、さすがに姫は少しもじっとしていられないように腰をくねらせ、熱い潤いを漏らした。

尻の谷間も舐めたいが、両脚を浮かせるわけにはいかないだろう。

今宵は我慢するとして、オサネへの刺激で充分に濡らすと、彼は身を起こしていった。

しゃぶってもらいたいが、それも控えることにした。

頼之は幹に指を添え、先端を割れ目に擦《こす》りつけて潤いを与えると、位置を定めていった。

菜月も、いよいよそのときだと息を詰め、身構えるように身を強《こわ》ばらせた。

やがて彼がグイッと挿し入れると、張り詰めた亀頭が無垢な膣口を丸く押し広げてキュッとくわえ込んできた。

「く……」

菜月が破瓜《はか》の痛みに眉をひそめて呻いたが、最も太い雁首《かりくび》までが潜り込むと、あとはヌルヌルッと滑らかに根元まで押し込んでいった。

さすがにきつく、締まりが良い。中は燃えるように熱く、異物を確かめるような収縮が実に心地よかった。

頼之は脚を伸ばし、身を重ねていった。

すると菜月も、支えを求めるように下から両手でしがみついてきた。

互いに寝巻を羽織っているので、かえって触れ合って密着する肌の温もりがはっきり感じられた。

彼は菜月の肩に腕を回し、耳に口を押しつけた。

「大丈夫か」

囁くと、彼女も健気《けなげ》に小さくこっくりした。

痛いだろうが、中に放つまでが役目である。

頼之は様子を見ながらそろそろと腰を突き動かし、何とも心地よい摩擦と締め付けを味わいながら、徐々に勢いを付けていった。

会う前までは、全く濡れないのではないかと懸念していたが、オサネへの刺激が良かったか、あるいは初対面から好意を抱き合ったせいか、潤いは充分で、徐々に律動も滑らかになってきた。

クチュクチュと湿った摩擦音も聞こえ、ジワジワと絶頂が迫ってきた。

腰を突き動かしながら、上から唇を重ねて舌をからめると、菜月も回した手に力を込め、心地よい収縮を繰り返した。

口を離し、喘ぐ口に鼻を押し込んで桃のように甘酸っぱい吐息を嗅ぐと、たちまち頼之は昇り詰めてしまった。

元より、初回から感じるはずもないので長引かせる必要はない。

「く……」

頼之は突き上がる大きな絶頂の快感に呻き、熱い大量の精汁をドクンドクンと勢いよく注入した。

「アア……」

奥に噴出の熱さを感じたか、菜月も声を洩らし、精汁を飲み込むようにキュッキュッと締め付けた。中に満ちてゆく精汁で、さらに動きがヌラヌラと滑らかになった。

頼之は生娘を味わいながら快感を嚙み締め、心置きなく最後の一滴まで出し尽くしていった。

すっかり満足して徐々に動きを弱めていくと、菜月も大仕事を終えたように肌の硬直を解き、回していた手を離してグッタリと身を投げ出していった。

まだ膣内はキュッキュッと息づくような収縮が繰り返され、中で一物《いちもつ》がヒクヒクと過敏に震えた。

そして彼は菜月の甘酸っぱい息で鼻腔を満たしながら、うっとりと快感の余韻に浸り込んだのだった。

やがて呼吸を整えると、頼之は枕元の懐紙《かいし》を手にして身を起こし、そろそろと股間を引き離していった。

手早く一物を拭うと、生娘でなくなったばかりの陰戸を見る暇もなく襖が開かれ、乳母が入ってきて深々と平伏した。

「お疲れ様でございました。あとは私が致しますので」

四十近い乳母が言い、さすがに情交を見聞して顔が赤くなっているが、安堵の色が見えたので、さして変だと思わせずに済んだようだ。

頼之は寝巻を合わせて帯を締めると、立ち上がって奈緒のいる方の襖から出ていった。

「上出来でございます。では湯殿へ」

奈緒も安心したように囁き、頼之と一緒に湯殿へ行った。

全裸になって湯殿に入ると、奈緒は外で控えるようなので、

「脱いで一緒に入ってくれ」

言うと彼女も少しためらってから頷き、手早く脱いでいった。

やはり恙なく終えた安心感とともに、姫に出来なかった分をさせてくれる気持ちになったのかも知れない。

「少し舐めたのは良いが、やはり物足りぬ」

頼之は言い、もちろん一物はピンピンに回復していた。

「でも、少しハラハラしましたが、ちゃんと出来たようですね」

奈緒が言い、やがて一糸《いっし》まとわぬ姿になって入ってきたので、彼は簀《す》の子《こ》に仰向けになり、彼女の足首を摑《つか》んで顔に引き寄せた。やはり濡らす前に味と匂いを堪能したい。

「あう、明日の朝は早いのですから……」

奈緒は尻込みして呻いた。

「だから、奈緒に触れられるのは今宵だけなのだ」

「わ、私は今日、朝から一度も水浴びしておりません。アア……」

足裏を彼の顔に乗せると、奈緒は喘ぎながら壁に手を突いて身体を支えた。

大きな足裏を舐め、指の間に鼻を押しつけて嗅ぐと、ムレムレの匂いが濃厚に鼻腔を刺激してきた。

「ああ、匂いが濃くて嬉《うれ》しい」

「あぁッ……」

嗅ぎながら言うと、奈緒がビクリと脚を震わせた。

朝から領内の外れまで歩き、しかも山賊の襲撃に奮戦したたし、あとは祝宴のため水浴びも出来なかったから、指の股には今までで一番蒸《む》れた匂いが濃く沁み付いていた。

爪先をしゃぶり、指の股を舐め、足を交代させて両足とも味と匂いを堪能すると、彼は奈緒の手を引いた。

「顔にしゃがんでくれ」

言うと奈緒も跨《また》がり、厠《かわや》に入ったようにしゃがみ込んでくれた。

どうやら奈緒もまた、今宵でしばしの別れと思うと、彼の好きにさせてくれるようだ。

顔に陰戸を迫らせると、長い脚がムッチリと張り詰めた。

腰を抱き寄せ、先に彼は尻の真下に潜り込み、顔中に弾力ある双丘を受けながら、谷間で僅《わず》かに突き出た蕾《つぼみ》に鼻を埋めた。

生々しく秘めやかに蒸れた匂いを貪《むさぼ》り、舌を這わせヌルッと潜り込ませて滑らかな粘膜を探ると、

「く……！」

奈緒が呻き、キュッときつく肛門で舌先を締め付けてきた。

頼之が舌を蠢かせると、陰戸から大量に溢《あふ》れた淫水が糸を引いて滴《したた》り、彼の顔

を生ぬるく濡らした。

舌を移動させ、ヌメリをすすりながら陰戸に顔を埋めると、茂みの隅々にはやはり濃厚に蒸れた汗とゆばりの匂いが籠もっていた。

「ああ、良い匂いだ」

「い、いけません……」

嗅ぎながら言うと奈緒が羞恥に声を震わせた。

頼之はうっとりと胸を満たしながら舌を挿し入れ、淡い酸味を含んだ大量の潤いを味わい、大きなオサネに吸い付いていった。

四

「アア……。な、なんていい気持ち……」

奈緒がクネクネと腰をよじって喘いだ。

やはり頼之と菜月の情交を見ている時から、彼女も相当に淫気が高まっていたのだろう。

頼之も夢中になって舌を這わせ、味と匂いを貪った。そしていつか、菜月の生の匂いを知る日が来るのだろうかと思った。

「奈緒、ゆばりを」

真下から言うと、奈緒もそれを覚悟していたように、さしてためらわず下腹に力を入れ、懸命に尿意を高めはじめてくれた。

柔肉が蠢き、間もなくチョロチョロと熱い流れがほとばしると、彼は噎《む》せないよう注意深く受け止め、喉に流し込んだ。

「アア……」

奈緒が熱く喘ぎながら次第に勢いを付けると、口から溢れた分が頰を伝って耳まで温かく濡らした。

それでも、あまり溜まっていなかったか、間もなく流れが治まると、彼は残り香の中で、ゆばりと淫水の混じったヌメリをすすった。

「も、もうご勘弁を……」

奈緒が言い、必死に股間を引き離していった。

頼之が仰向けのまま、せがむように幹を震わせると、すぐにも彼女は移動して屈み込み、張り詰めた亀頭にしゃぶり付いてくれた。

熱い息が股間に籠もり、滑らかな舌が姫の初物を奪った先端を探り、スッポリと喉の奥まで呑み込んでいった。

「ああ……」

頼之は快感に喘ぎ、この行為も早く菜月にしてもらいたいと思うのだった。

まあ、初回で安心しただろうから、今後はそう毎回乳母が見聞するようなこともなくなるだろう。

やがて肉棒全体が奈緒の温かな唾液にまみれると、

「跨いで入れてくれ」

すっかり高まった頼之は言った。

奈緒も吸い付きながらスポンと口を離し、身を起こして前進してきた。

そして跨がり、先端に濡れた陰戸を押しつけ、感触を味わうようにゆっくり腰を沈めていった。

「アアッ……、いい……」

ヌルヌルッと根元まで受け入れると、奈緒は喘ぎながら股間を密着させた。

頼之も温もりと感触を味わい、中で幹を震わせながら両手を回し、彼女を抱き寄せた。

奈緒が身を重ねてくると、彼は潜り込んで左右の乳首を含んで舐め回したが、もうほとんど乳汁《ちしる》は滲《にじ》んでこなかった。乳汁を味わえたのは、実によい時期だったのだ。

腋の下にも鼻を埋め、腋毛に籠もる濃厚に甘ったるい汗の匂いに噎せ返った。

そして両手でしがみつき、膝を立てて尻を支えた。

「お背中が、痛くありませんか……」

上になった奈緒が気遣うが、それどころではなく彼は快感に夢中だった。

「唾《つば》を……」

言いながら下から顔を引き寄せて唇を重ね、舌を潜り込ませると彼女もすぐに長い舌をネットリとからめてくれた。

そして奈緒も生温かく小泡の多い唾液をたっぷり分泌させると、トロトロと注ぎ込んでくれた。

頼之はうっとりと味わい、喉を潤して酔いしれながら、徐々にズンズンと股間を突き上げはじめた。

「アア……、奥まで感じます……」

奈緒が口を離して喘ぎ、合わせて腰を遣いはじめた。

熱く湿り気ある息を嗅ぐと、花粉の匂いが濃厚に感じられ、悩ましく胸に沁み込んできた。
次第に互いの動きが一致し、いつしか股間をぶつけ合うように激しくなってい
った。ピチャクチャと淫らな摩擦音が響き、収縮と潤いが増してくると、彼は急
激に絶頂が迫ってきた。
熱く喘ぐ奈緒の口に鼻を押し込み、悩ましい匂いで胸を満たすと、彼女も舌を
這わせて彼の鼻の穴を唾液に濡らしてくれた。
「い、いく……！」
頼之は、奈緒の匂いと摩擦に昇り詰めて呻き、快感とともにありったけの精汁
を勢いよく放った。
「い、いい……。アアーッ……！」
奈緒も噴出を感じた途端に気を遣《や》って喘ぎ、ガクガクと狂おしい痙攣《けいれん》を繰り返
した。
心地よい収縮の中で快感を嚙み締め、彼は思い切り最後の一滴まで出し尽くし
ていった。膣内が吸い付くようにきつく締まり、溢れた淫水が互いの股間を温か
く濡らした。
頼之が満足しながら突き上げを弱めると、

「ああ……」

奈緒も声を洩らし、徐々に力を抜いて彼にもたれかかってきた。

大柄な美女の重みと温もりを受け止め、彼はまだ収縮する膣内でヒクヒクと過敏に幹を跳ね上げた。

そして熱く濃厚な吐息の匂いで胸を満たし、うっとりと快感の余韻を味わったのだった。

「さあ、冷えるといけませんので……」

しばし重なって荒い呼吸を整えていた奈緒が言い、そろそろと身を起こしていった。彼も起き上がると、奈緒は湯を汲《く》んで彼の全身を流し、唾液に濡れた顔も洗ってくれた。

その間に奈緒も手早く全身を洗い流し、やがて身体を拭いて湯殿を出た。

寝巻を着ると部屋に戻り、頼之は布団に横になった。

「では、明日は早いですので、すぐおやすみなさいませ」

奈緒は薄掛けを掛けて言い、行灯を消して部屋を出て行った。

(ああ、次に奈緒と出来るのは、いつのことになるだろうか……)

頼之は目を閉じて思った。

そして別室で寝ている菜月のことも思いながら、やがて彼は深い眠りに落ちていったのだった。

五

――翌朝、というよりまだ真夜中の七つ前（午前三時頃）に頼之は目を覚ました。すでに他のものも起きているようで、大童《おおわらわ》に仕度する物音や行き交う足音が聞こえている。

「お目覚めでございますか」

すぐ、奈緒が声をかけてきた。

「ああ、今起きる」

頼之は答え、起き上がった。

朝立ちの一物を鎮《しず》めたいが、何しろ一泊の行程で江戸へ帰るのだから、そんな余裕はない。

部屋を出て厠と洗顔を済ませ、軽く朝餉《あさげ》を終えてから奈緒に手伝ってもらいながら着替えた。

「何とお名残惜《なごりお》しい。寂しくなります、まあ元の暮らしに戻るだけなのですが」

奈緒が、彼の袴の前紐《まえひも》を調えながら言う。

「ああ、遠からずまた来る」

頼之は答え、せめて奈緒に口吸いしようとしたが、そこへ重兵衛が入ってきてしまった。

「若、仕度がよろしければ出立《しゅったつ》を」

「ああ、分かった」

言われて、彼は奈緒と一緒に部屋を出て玄関に行った。

すでに菜月も着物姿になり、乳母とともにいた。

目を見合わせて頷きかけ、彼も玄関を出た。

外には乗物が三挺《ちょう》。頼之と菜月、そして菜月の乳母の分だ。

先頭の馬が一騎、乗物を担ぐ陸尺が十二人、あとは江戸から来た家臣たちが、みな手に手に提灯《ちょうちん》を掲げ、来た時よりもやや大きな行列となる。

杖《つえ》を手にした着物姿の茜と小眉は、歩きで平気なようだ。

「では、道中くれぐれもお気をつけて、殿によろしく」

重兵衛が言い、頼之は家老に奈緒、田代藩の家臣たちと、松崎藩の家臣たちに頷きかけて乗物に乗り込んだ。

菜月と乳母も乗り、やがて一行は出立した。

それを見送ってから、松崎藩の家臣たちは帰るようだ。

少し進んでから乗物が止まり、急いで小眉が乗り込んでくると、また動きはじめた。

「私がお世話しますね」

小眉が言い、狭い中で体をくっつけてきた。

来る時は茜が同乗したし、病み上がりの頼之の世話をするためなので、家臣の誰も不審に思わない。

頼之は、朝立ちを抑えてくすぶっていた淫気が甦ってしまった。

「江戸、すごく楽しみです。茜様も、最初に江戸へ行くときはずいぶん嬉しかったようです」

小眉が、甘酸っぱい息を弾ませて言う。

その茜は、周囲を警戒しながら進んでいるようだ。もう山賊の心配はないだろうが、常に周囲に気を配っているのである。

まだ外は暗くて景色は見えないので窓は開けず、彼は目の前の小眉に集中してしまった。

野生児が矢絣《やがすり》の着物で島田《しまだ》に結っているので、何やら見知らぬ美しい娘と一緒にいるような新鮮な気分だ。

「昨夜は姫様と、上手《うま》くいったのですね」

小眉が、興味津々《しんしん》に目を輝かせて訊《き》いてくる。

「ああ、まぐわいは無事に出来たのだが、何しろ湯上がりの匂いだけなので物足りなかった。それに、あちこち舐めるわけにもゆかぬし」

頼之が答えながら、抱き寄せて唇を重ねると、

「ンン……」

小眉も熱く鼻を鳴らし、すぐにもチロチロと舌をからめてくれた。

そして口移しに、多めに唾液を注いでくれるので、彼はうっとりと喉を潤して酔いしれた。

頼之は激しく勃起しながら小眉の舌を舐め、やがて口を離すと彼女の口に鼻を押し込み、菜月より格段に濃厚な、甘酸っぱく悩ましい果実臭の息を胸いっぱいに吸い込んだ。

「ああ、もう堪《たま》らぬ。小眉の尻を」

顔を離して言うと、すぐにも小眉は乗物の中で裾《すそ》をめくり、向こうを向くと彼の顔に白く丸い尻を突き出してくれた。

外の者たちは、まさか乗物の中でこのようなことが行われているなど夢にも思わないだろう。

頼之は、前屈みになって突き出された尻に顔を寄せ、両の親指でムッチリと谷間を広げた。

薄桃色の蕾に鼻を埋めると蒸れた匂いが鼻腔を刺激し、彼は密着する双丘を顔中で味わいながら舌を這わせた。

息づく襞を濡らしてヌルッと潜り込ませ、滑らかな粘膜を味わうと、小眉もモグモグと肛門で舌先を締め付けてくれた。

やがて顔を離し、彼が狭い中で膝を立てて仰向けになると、心得たように小眉が向き直り、顔にしゃがみ込んできた。

若草に鼻を埋めて嗅ぐと、蒸れた汗とゆばりの匂いが悩ましく鼻腔を刺激してきた。

小眉は昨日の昼前、素破の格好で陣屋に戻った時、着替える前に水浴びしたきりなのだろう。

頼之が匂いで胸を満たしながら陰戸を舐め回すと、すぐにも蜜が溢れて舌の動きがヌラヌラと滑らかになった。

チロチロとオサネを探り、垂れるヌメリをすすると、

「ああ……。何だか我慢できなく……」

小眉が息を弾ませて呟いた。狭い乗物の中で工夫している状態と、周囲に家臣たちがいるという緊張が、彼女の淫気も高めているのだろう。

どうせ昼餉の休憩までには、まだずいぶんと間がある。

領内を抜け、山路を進んでいるうち東の空が白みはじめ、牛久の宿に着く頃には日が昇り、一同は提灯を消したようだ。

頼之も紐を解いて袴を脱ぎ去り、裾をめくって下帯《したおび》を解き去ってしまった。

そして彼が身を起こして脚を伸ばすと、最大限に張り切った一物がヒクヒクと期待に上下した。

小眉が屈み込み、粘液が滲みはじめた鈴口《すずぐち》をチロチロと舐め、張り詰めた亀頭をしゃぶってスッポリ呑み込んできた。

そしてたっぷりと唾液に濡らしながらスポスポと顔を上下させると、

「ああ、入れたい……」

締め付けと摩擦で急激に高まった頼之が囁いた。

すると小眉が身を起こし、正面から裾をからげて跨がると、しゃがみ込んで先端を陰戸に受け入れていった。

「あう……」

小眉がヌルヌルッと根元まで嵌《は》め込むと、外を慮《おもんぱか》って小さく呻いた。

頼之もきつい摩擦と温もりに包まれ、快感を嚙み締めながら、正面の小眉を抱きすくめた。

小眉も両手両足をしっかりと彼の身体に回し、股間を密着させながらキュッキュッと心地よく締め付けた。

乳が吸えないのは仕方がないが、狭い乗物の中で女体と一つになる興奮が彼を包み込んだ。

再び唇を重ねると、小眉も執拗《しつよう》に舌をからめ、熱い吐息と唾液を惜しみなく与えてくれた。

彼がズンズンと股間を突き上げようとすると、

「じっとしてて下さい。揺れが伝わると担ぎ手に気づかれますので」

小眉が囁いたので、彼は動きを止めた。

すると彼女が揺れに合わせ、巧みに腰を上下させはじめたのである。

摩擦と締め付け、潤いと温もりが心地よく幹を刺激し、さらに高まった彼が小眉の口に鼻を押し込むと、彼女も舌を左右に動かし、両の鼻の穴を舐め回してくれた。

「ああ……」

頼之は、濃厚に甘酸っぱい小眉の吐息と唾液のヌメリ、肉棒を刺激する陰戸の感触に絶頂を迫らせて喘いだ。

すると、さらに締め付けが激しくなり、ひとたまりもなく彼は昇り詰めてしまった。

「く……」

快感に短く呻きながら、ドクンドクンと勢いよく精汁を放つと、

「あ……、いく……」

噴出を感じた小眉も小さく声を洩らし、クネクネと激しく身をよじったのだ。

どうやら声も出さず、揺れに合わせた動きにも変わりないまま、しっかりと気を遣ったようである。

頼之は快感を嚙み締め、最後の一滴まで出し尽くして満足した。

小眉は完全に動きを止めても正面からしがみついたまま、余りの雫《しずく》を吸い取るように膣内をキュッキュッと収縮させ、刺激された幹が中でヒクヒクと過敏に上下した。

頼之は力を抜き、小眉の吐き出す甘酸っぱい息で胸を満たしながら、うっとりと余韻を味わったのだった。

やがて互いの呼吸が整うと、小眉は懐紙を出して股間を引き離し、陰戸を拭いながら屈み込んで亀頭にしゃぶり付いてくれた。

「あう……」

頼之は刺激に呻いたが、小眉は淫水と精汁のヌメリを完全に舐め取ってから顔を上げ、一物を懐紙で包んで丁寧に拭くと、ようやく身を離し、拭いた紙を袂《たもと》に入れた。

「少し休んだら袴を」

「ああ、分かった」

言われて、しばし彼はグッタリとしていたが、やがて腰を浮かせて袴を穿き、狭い中で苦労して紐を絞った。

するとと小眉が彼の背後に回り、体に寄りかからせてくれた。

「お疲れなら、眠っても良いですよ。支えていますので」

「ああ、眠くなったらそうする」

彼は答え、窓を開けると外はすっかり明るくなり、牛久の宿を出て、若柴に差し掛かっているようだった。

そして若柴を抜け、藤代に入ったところで昼餉の休憩となった。

陣屋で作ってくれた握り飯と沢庵《たくあん》を食い、竹筒の茶を飲むと、さらに一行は水戸街道を南下した。

頼之は小眉に寄りかかりながら、窓の外の景色を眺めていた。

肩越しに感じる果実臭の吐息で淫気が回復しそうになったが、そうそう乗物の中でするわけにはいかない。

そして賑《にぎ》やかな取手の宿を越えると、ようやく日が傾く頃に我孫子に入り、一行は本陣に着いたのだった。

来た時よりもだいぶ強行軍だったが、頼之に疲れはなく、また途中で微睡《まどろ》むこともなく宿に入った。もちろん貸し切りで、一同は少し休息してから先に頼之が湯を使い、やがて広間での夕餉となった。

昨日と違い、明日もあるので酒は出ないが、焼き魚に多くの野菜や煮物、吸物と豪華だった。

そして食事を終えると、頼之は菜月と一緒に二階の部屋に入った。

乳母にも一室が与えられ、慣れない乗物の長旅で、今夜は見聞することなく、ぐっすり寝てしまうことだろう。

しかも菜月は寝しなに湯を使うということで、頼之は彼女の甘ったるい体臭を感じながら、期待と興奮に激しい淫気を覚えたのだった。

第六章　ときめきの道行き

一

「昨夜は大丈夫だったか。血は？」

頼之は激しく勃起しながら、すでに寝巻姿になっている菜月に囁《ささや》いた。

「ええ、少しだけ。でも嬉《うれ》しゅうございました」

「昨夜されて、何か嫌なことはなかったか？」

「ええ、何も。ただ恥ずかしくて……」

言うと、菜月が頬を染めて初々《ういうい》しく答えた。

「では、誰も見ていないので、今宵《こよい》は全部脱ごう」

「さっき覗《のぞ》いたら、ぐっすり眠っておりました」

乳母《うば》のことだろう。菜月も答えながら、期待と好奇心に目をキラキラさせている。昨夜の、初回への緊張も解け、すっかり頼之に身も心も許しているようだった。

帯を解いて脱ぎ去り、互いに一糸《いっし》まとわぬ姿になると、彼は菜月を仰向けに横たえた。

のしかかって乳首に吸い付き、舌で転がしながらもう片方を指で探ると、

「アア……」

菜月がか細く喘《あえ》ぎ、すぐにもクネクネと身悶《みもだ》えはじめた。

両の乳首を充分に味わい、彼は菜月の腋《わき》の下にも鼻を埋《うず》め込んだ。

生ぬるく湿った和毛《にこげ》に籠もる汗の匂いは、昨夜よりずっと濃厚で甘ったるく、彼はうっとり酔いしれるほど胸を満たした。

やがて肌を舐め下り、愛らしい臍《へそ》を舐め、腰から脚を舐め下りていった。

乳母は見ていないが、茜か小眉が警護のため、どこからか監視しているかも知れないが、素破《すっぱ》たちなら彼がどんな愛撫をし、また求めようとも咎《とが》めることはないだろう。

スベスベの脚を味わい、足裏に舌を這わせると、

「あう……！」

菜月が小さく呻《うめ》き、ビクリと脚を震わせたが、もちろん拒《こば》みはせず、じっとされるままになっていた。

足裏は小さく指も細い。そこは、同じ生娘《きむすめ》でも小眉とは違い、あまり外を出歩くこともなかったのだろう。

縮こまった指の間に鼻を押しつけて嗅《か》ぐと、確かにそこは汗と脂《あぶら》に湿り、蒸《む》れた匂いが沁み付いていた。やはり、素破でも武家娘でも、そこは大きく違わないのだろう。

頼之は匂いを貪《むさぼ》ってから爪先をしゃぶり、順々に指の股に舌を割り込ませて味わった。

「アア……、頼之様……」

菜月が声を震わせ、何をされているかも分からぬほど朦朧《もうろう》となって悶えた。

彼は両足ともしゃぶり、味と匂いを貪り尽くしてしまった。

「ではうつ伏せに」

顔を上げて言うと、菜月も素直にノロノロと寝返りを打った。

小ぶりだが尻は形良く、白い背中も傷一つなかった。

頼之は踵《かかと》から脹《ふく》ら脛《はぎ》を舐め、汗ばんだヒカガミから太腿、尻の丸みを通過すると、腰から滑《なめ》らかな背中を舐め上げていった。

「く……！」

くすぐったいのか、菜月が顔を伏せて呻いた。

淡い汗の味を感じながら肩まで行き、髪の匂いを嗅ぐと、耳の裏側の湿り気も嗅いで舌を這わせた。

そして再び背中を舐め下り、尻に迫った。

うつ伏せのまま股を開かせて腹這い、指でムッチリと谷間を広げると、奥には可憐《かれん》な薄桃色の蕾《つぼみ》がひっそり閉じられていた。

谷間に鼻を埋め込み、顔中を双丘に密着させて嗅ぐと、蕾からは秘めやかに蒸れた匂いが感じられた。

舌を這わせ、細かな襞を濡らしてからヌルッと潜り込ませ、滑らかな粘膜を味わうと、

「あう……」

菜月が呻き、他の女たちと同じように肛門でキュッと舌先を締め付けた。

頼之は充分に舌を蠢《うごめ》かせてから顔を上げ、

「また仰向けに」

言うと彼女も再び寝返りを打った。片方の脚をくぐり、滑らかな内腿を舐め上げて股間に迫ると、昨夜とは違い、匂いのある熱気と湿り気が顔中を包み込んできた。

目を凝《こ》らすと、ぷっくりした丘に楚々《そそ》とした若草が煙り、割れ目からはみ出す花びらは、しっとりと清らかな蜜に潤《うるお》っていた。

やはり愛撫されて交接を前にすれば、素破でも姫君でも自然に濡れてくるのだろう。

指で陰唇を広げて見ると、昨夜無垢《むく》でなくなったばかりの膣口が襞を入り組ませて息づき、包皮の下からは小粒のオサネが精一杯ツンと突き立って光沢を放っていた。

幼い頃から世話を焼かれていたせいか、見られることの羞恥は薄いようだ。

堪《たま》らずに顔を埋め込み、柔らかな若草に鼻を擦《こす》りつけて嗅ぐと、確かに汗とゆばりの混じって蒸れた匂いが鼻腔《びこう》を刺激してきた。

何度も嗅ぎながら舌を這わせ、膣口の襞をクチュクチュ掻き回し、味わいながらオサネまで舐め上げていくと、

「アアッ……！」

菜月が声を洩らし、ビクッと顔を仰《の》け反《ぞ》らせながら、内腿でキュッときつく彼の両頬を挟み付けてきた。

頼之がもがく腰を抱え込み、執拗《しつよう》にオサネを舐めると、さらに清らかな蜜の量が増してきた。

指も挿《さ》し入れ、小刻みに内壁を摩擦しながらオサネを舐め続けると、

「な、何か変です……。ああーッ……」

菜月が声を上ずらせて口走るなり、ガクガクと狂おしく腰を跳ね上げはじめたのだ。どうやら刺激で気を遣《や》ったらしいが、さすがに大きな声を上げることはなかった。

しきりに腰をよじって嫌々をするので、ようやく彼も舌と指を引き離し股間から這い出して添い寝していった。

「心地よかったのだな?」

「え、ええ……。わけも分からず、宙に舞うような……」

囁くと、菜月は息も絶えだえになり、自身に起きた異変を探るように答えた。

熱く湿り気ある息を嗅ぐと、桃に似た甘酸っぱい匂いも昨夜より濃く、悩ましく鼻腔を掻き回してきた。

「顔に跨《また》がってくれぬか」

「え、そのようなこと……」

菜月の呼吸が整ったので言うと、彼女はビクリと身じろいで答えた。

「してみたいのだ。二人だけの秘密で」

仰向けになって手を引くと、菜月もゆっくりと身を起こし、

「アア、良いのでしょうか……」

声を震わせながらも、彼に脚を引っ張られて、とうとう跨がってしまった。

頼之は、真下から再び陰戸《ほと》に鼻と口を埋めた。

「ゆばりは出せるか」

「い、いいえ、先ほどしたばかりなので……」

「ならばかえって良い。少しで構わぬ」

「なぜ、そのような……」

「ものの本で読んだのだ。城を落ち延びる時、山で渇きを覚えるとゆばりを飲むと良いらしい。それを修行のため試してみたいのだ」

尤《もつと》もらしいことを言い、真下から舌を這わせると、

「アア……、本当によろしいのですか……」

刺激され、少しばかりだが尿意を高めたらしく彼女が答えた。

さらに舌を挿し入れて蠢かすと、奥の柔肉が迫《せ》り出すように盛り上がり、味わいと温もりが変わってきた。

「あう、出ます。お許しを……」

菜月が息を詰めて言うなり、チョロッと熱い流れがほとばしってきた。

彼は嬉々《きき》として口に受け、淡い味わいと匂いを堪能しながら喉に流し込んだ。

やはりあまり溜まっていなかったか、流れは僅《わず》かに勢いを付けただけで、たちまち治まってしまった。

室内なので、少量なのは実に好都合だった。

頼之は喉を潤し、淡い残り香を感じながら濡れた陰戸を執拗に舐め回し、余りの雫《しずく》をすすった。

「も、もうご勘弁を……」

気を遣る波がまた迫ってきたように、菜月が息を弾ませて哀願した。

彼が舌を引っ込めると、菜月は股間を引き離し添い寝してきたが、いつまでも震えと喘ぎが治まらないようだ。

頼之は、彼女の呼吸が治まるまで腕枕してやった。

二

菜月の呼吸が整うと、頼之は彼女の手を握って一物《いちもつ》に導いた。

すると、また彼女は素直にやんわりと包み込み、無邪気《むじゃき》にニギニギと動かしてくれた。

「ああ、心地よい」

「あの……」

「何だ？」

「近くで見ても構いませんか……」

菜月がモジモジと囁いた。舐められて気を遣り、ゆばりまで与え、すっかり好奇心と積極性が前面に出てきたのかも知れない。

「ああ、良いぞ」

頼之が答え、仰向けになって大股開きになると、菜月もそろそろと移動して彼の股間に腹這いになった。

「まあ……」

恐る恐る熱い視線を向けると、菜月が嘆息した。何とおかしな形で、邪魔な物がついていると思ったのだろう。

再び幹を撫《な》で、張り詰めた亀頭に触れると、彼女はふぐりに指を這わせた。

「これは」

「ふぐりと言い、子種を作っている袋だ。中に二つの玉がある」

言うと菜月も指で探り、睾丸《こうがん》を確認してから袋を手のひらに包み込んだ。

「本当……。何やらお手玉のようです」

菜月は言い、次第に物怖《ものお》じせずいじり回すようになっていった。

そして再び幹を握り、鈴口《すずぐち》に顔を寄せた。

「これが入ったのですね……」

「そうだ。今宵は、もう昨夜ほど痛くないと思うが、入れる前に唾《つば》で濡らしてくれぬか」

言うと、菜月はためらいなく舌を伸ばし、粘液の滲《にじ》む鈴口をチロチロと舐めてくれた。別に不味《まず》くなかったようで、さらに張り詰めた亀頭を咥《くわ》え、上気した頬をすぼめて吸った。

「深く、入れてくれ……」

言うと、菜月は小さな口を精一杯丸く開き、スッポリと呑み込んでいった。

「ああ、心地よい……」

頼之は、温かく濡れた快適な菜月の口腔に深々と含まれて喘いだ。

菜月も熱い息を股間に籠もらせ、歯を当てぬよう幹を締め付けて吸い、口の中ではクチュクチュと舌を蠢かせてくれた。

たちまち肉棒全体は清らかな唾液にまみれ、じわじわと絶頂が迫ってきた。

やはり菜月の肉体をとことん堪能したせいで、すっかり高まったのだろう。

「もう良い、跨いで上から入れてみぬか」

仰向けのまま言うと、菜月がチュパッと口を離して顔を上げた。

「私が上など……」

「構わぬ。すでに二人だけの秘密が山ほどあるのだ」

言って手を引くと、彼女もそろそろと前進して頼之の股間に跨がってきた。

唾液に濡れた先端に陰戸を押しつけると、意を決したように息を詰め、ゆっくり腰を沈めていった。

張り詰めた亀頭がズブリと潜り込むと、あとは潤いと重みでヌルヌルッと滑らかに根元まで呑み込まれた。

「く……」

菜月が眉をひそめて呻いたが、すでに互いの股間はピッタリと密着している。

上体を起こしたまま、真下から杭《くい》に貫かれたように硬直していたが、彼が両手で引き寄せると、菜月もゆっくり身を重ねてきた。

頼之は手を回して抱きすくめ、膝を立てて尻を支えた。

「痛いか」

「いいえ、昨夜ほどでは……」

囁くと、菜月が健気《けなげ》に答えた。実際、締め付けは昨夜のままだが潤いが増しているようだ。

「唾を垂らしてくれ」

顔を抱き寄せて言うと、菜月も懸命に唾液を分泌させ、愛らしい口をすぼめて迫ると、トロリと吐き出してくれた。何やら小眉のように、何でも言えばすぐしてくれるようになってきた。

彼は、白っぽく小泡の多い唾液を舌に受けて味わい、うっとりと喉を潤しながら、そのまま唇を重ねて舌をからめた。

徐々に股間を突き上げはじめると、心地よい摩擦が伝わってきた。

「ンン……」

菜月が舌をからめながら呻き、熱い鼻息で彼の鼻腔を湿らせた。

いったん動くと快感に腰が止まらなくなり、頼之は次第に勢いを付けて股間を突き上げてしまった。

「ああ……」

息苦しくなったように、菜月が口を離して喘いだ。

甘酸っぱい息の匂いに、さらに彼の快感が高まった。

「大丈夫か」

「はい、どうかご存分に……」

訊《き》くと菜月が答え、そのまま頼之は彼女の喘ぐ口に鼻を押し込み、

「舐めてくれ」

言いながら濃厚な果実臭で胸を満たした。

菜月もチロチロと彼の鼻の穴を舐めてくれ、彼は摩擦と締め付け、息と唾液の匂いで絶頂に達してしまった。

「く……、心地よい……」

声を洩らし、快感とともにありったけの熱い精汁をドクンドクンと勢いよくほ

とばしらせた。

「あう、熱いです……」

噴出を感じた菜月が呻き、さらにキュッキュッと心地よく締め付けてくれた。

この分なら、遠からず挿入により気を遣る日が来るのではないか。

それほど相性が良かったのだろう。

出逢ったばかりで大名同士の男女にしては、稀《まれ》に見る幸運な組み合わせだったのかも知れない。

蜜汁と精汁で滑らかになった律動の中、彼は快感を噛み締めながら心置きなく最後の一滴まで出し尽くしていった。

菜月も、痛みが麻痺《まひ》したか、あるいはすでに克服したのか、ただじっと上になって息を弾ませていた。頼之は満足しながら突き上げを止め、収縮する膣内でヒクヒクと過敏に幹を跳ね上げた。

「ああ、まだ動いてます……」

中でピクンと一物が震えるたび、菜月が喘いでキュッと締め上げた。

彼は正室の温もりと重みを全身に受け止め、甘酸っぱい吐息を胸いっぱいに嗅ぎながらうっとりと余韻を味わったのだった。

やがて呼吸を整えると、そろそろと菜月が股間を引き離して添い寝してきた。頼之は手を伸ばし、懐紙《かいし》を取ると手早く一物を拭《ぬぐ》い、身を起こして菜月の陰戸を拭いてやった。

「あ、自分で致します……」

「良い、じっとしていろ」

言って覗き込むと、もう出血はなく、可憐な花びらが息づいていた。

と、そこへ茜が入ってきたのだ。

「失礼いたします。では菜月様、お湯へ」

乳母が眠りこけているので、茜が来たのだろう。寝巻を羽織らせると、

茜が、あとは任せて下さいという風に彼に頷《うなず》きかけると、菜月も素直に身を起こして立ち上がった。菜月を支えて静かに部屋を出て行った。

頼之も寝巻を着て横になった。今宵は床が二つ並べてあるが、朝も早いので今夜は寝た方が良いだろう。

そして菜月が戻るのを待つつもりが、いつしか彼はぐっすり寝込んでしまったのだった……。

——翌朝、まだ暗いうちに頼之が目を覚ますと、隣の布団では菜月も目を開けたところのようだ。

寝起きで濃くなった息を嗅ぎたかったが、そのまま朝立ちの勢いでしたくなってしまうだろう。それに階下では、すでに起きている家臣たちが仕度をする物音が聞こえている。

仕方なく頼之が起きると、菜月も身を起こした。

「疲れはないか」

「はい、大丈夫です。今夜は江戸なのですね」

言うと、菜月が笑顔で答えた。

彼女も、やや緊張しながらも江戸行きを心待ちにしているのだろう。

やがて部屋を出て洗顔と厠《かわや》を済ませると、乳母が来て仕度のため菜月を連れて行ってしまった。

階下へ降りて朝餉《あさげ》を済ませると、空が白みはじめ、一行はすぐにも出立《しゅったつ》することになった。

そして仕度を調《ととの》えると、夜明けとともに我孫子の本陣を出た。

頼之の乗物には、また小眉が乗り込んできた。

「ゆうべも恙《つつが》なく終えられたようですね」

「見ていたのか」

「内緒」

小眉が悪戯《いたずら》っぽく笑い、彼は菜月とは明らかに違う吐息の果実臭に、また淫気を催《もよお》してしまったのだった。

三

「ああ、小眉といると股がムズムズする」

乗物に揺られ、頼之は勃起しながら言った。やはり朝立ちの勢いのまま、朝一番に抜かないと落ち着かなくなっていた。それだけ、すでに常人以上に回復しているのだろう。

「小用ですか？」

小眉が訊く。

小用を催せば、家臣が専用の竹筒を差し入れ、中でしたまま外に流すことが出来る。女の乗物にはオマルが備えられているようだ。

「いや」

彼は答えながら袴《はかま》をめくり、下帯《したおび》をずらして勃起した一物を引っ張り出してしまった。

「入れますか」

「いや、指と口で頼む」

小眉に言うと、彼女もすぐにニギニギと巧みに愛撫しはじめてくれた。

やはり乗物の中での交接は厄介《やっかい》だし、いかに小眉が巧みに揺れに合わせても、次第に街道が賑《にぎ》やかになるので気が削《そ》がれる。

人目を忍ぶ僅かな触れ合いこそ、密室の淫靡《いんび》さが味わえそうなのだ。

頼之は、指で刺激されながら小眉に口を重ね、ネットリと舌をからめてたっぷり唾液を飲ませてもらった。

そして開かせた口に鼻を押し込み、濃厚に甘酸っぱい息を胸いっぱいに嗅ぐとすぐにも絶頂が迫ってきた。

「ああ、すぐいきそうだ」

「姫様と、どっちがいいですか?」

「目の前にいる女が、一番良い」

「まあ……」

言うと小眉が呆《あき》れたように言い、やがて充分に高まったと察して屈《かが》み込み、張り詰めた亀頭にしゃぶり付いてくれた。

ネットリと舌をからめ、深々と呑み込んで吸い付き、乗物の揺れに合わせて顔を上下させ、スポスポと強烈な摩擦を繰り返してくれた。

股間に熱い息を受けながら、彼は摩擦と吸引、息と刺激と唾液のヌメリで急激に昇り詰めてしまった。

「アア、良い……」

快感に貫かれながら喘ぎ、ドクンドクンと朝一番の精汁を勢いよくほとばしらせた。

小眉も射精とともに頬をすぼめてチューッと吸引し、彼は魂《たましい》まで抜かれるような快感に身悶えた。何やら、ふぐりから直《じか》に吸い取られているような心地よさである。

「ああ……」

すっかり満足して声を洩らし、全身の強《こわ》ばりを解くと、小眉も動きを止めた。

そして含んだままコクンと一息に飲み込むと、

「あう」

嚥下《えんか》とともにキュッと締まる口腔に、駄目押しの快感を得た彼は呻いた。

やがて彼女は口を離し、なおも幹をしごきながら余りの精汁の滲む鈴口をペロペロと念入りに舐めてくれた。

「も、もう良い……」

頼之が過敏にヒクヒクと幹を震わせながら言うと、ようやく小眉も舌を引っ込めて身を起こした。下帯と袴を調えてくれるので、彼は小眉の息を嗅いで余韻を味わった。

彼女の息に精汁の生臭さは残っておらず、いつもの悩ましく可愛らしい果実臭がしていた。

やがて身繕《みづくろ》いを終えると、いつものように小眉は頼之の背後に座り、彼は寄りかかりながら窓の外の景色を眺めた。

その間も一行は、来た時と逆に水戸街道を南下し、我孫子を出て小金を過ぎ、松戸の宿に入ったところで昼餉。

再び出立し、新宿を越え、千住に入ると、もう江戸は目の前だった。

小眉に寄りかかりながら乗物に揺られ、朝に抜いたので気も晴れた頼之は、昼過ぎには心地よく少しだけ眠った。

初めて国許を出た小眉も、興奮に息を弾ませながら窓からの景色を見ていた。

すっかり周囲は賑やかになり、千住を越えて浅草を過ぎると、一行は日暮れに神田の田代藩上屋敷に到着したのだった。

乗物を下りると、

「若、お疲れ様でした」

新右衛門が言い、頼政や朱里、家臣たちに迎えられた頼之は、数日ぶりに江戸屋敷に戻った。江戸詰めの家臣の中には、奈緒の夫の虎太郎もいる。

「おお、美しい姫子かな」

新右衛門は菜月を見て言い、頼政も眼を細めて頷きかけていた。

「わあ、これが江戸のお屋敷……」

小眉が言い、目を輝かせて見回すのを朱里が窘《たしな》めた。

「これ、静かに」

「あ、朱里様、お久しぶりでございます」

「小眉、大きくおなりです」

二人は数年ぶりの再会に笑みを交わした。

やがて女たちは朱里に案内され、奥向きに入っていった。

まず頼之は、菜月とともに父の頼政に挨拶《あいさつ》をしてから、それぞれの部屋に引き上げた。

明日は松崎藩の藩主も来る正式な祝言《しゅうげん》なので、今宵の頼之と菜月は別々の部屋である。

頼之は湯を使ってから着替え、一同の会する夕餉の席に着いた。

今宵は旅を労《ねぎら》うためだから、ざっくばらんな宴である。

国許へ行った家臣たちが、山賊《さんぞく》に襲われた話などを面白おかしく語り、まだ国許を知らない若侍たちは羨《うらや》ましげに聞いていた。

「虎太郎、奈緒様は飛び来る矢を次々に叩き落とし、実に颯爽《さっそう》としていたぞ」

言われて、虎太郎も満更《まんざら》でもない顔つきをしていた。

そして料理が片付くと、明日は朝から忙しいので早めに解散となり、頼之も部屋に戻った。

寝巻に着替えると、間もなく朱里が入ってきた。

「ああ、朱里。会いたかった」

頼之は言うなり、激しく勃起してきた。何といっても彼女は、頼之にとって最初の女だから思い入れも深い。

「お疲れ様でした。道中お身体に障《さわ》りはありませんでしたか」

「ああ、行きは茜が、帰りは小眉が介抱してくれていた。もう、どんなに動いても疲れはない」

「それは、ようございました。ときに、私と茜は近々江戸を引き上げ、国許へ帰ろうかと思います」

朱里が言い、頼之は驚いた。

「何、それは名残惜《なごりお》しい」

「ええ、もう若様も大丈夫ですし、江戸屋敷は小眉に任せることにします。私も茜も、久しく里の方へ帰っておらず気になりますので」

「そうか……。決めたことなら仕方ないが、また余が国許へ行けば会えるな」

「もちろんでございます」

「ならば良い。では」

頼之は言い、気が急《せ》くように寝巻を脱ぎ去ると、朱里も心得て帯を解きはじめたのだった。

四

「ああ、何やらずいぶん会わなかった気がする」

全裸の頼之は言い、一糸まとわぬ姿で身を投げ出す朱里を見下ろした。

朱里は、彼の知る女たちの中では最年長で、母親に近い存在になっていた。

彼は激しく勃起しながら屈み込み、まず朱里の足裏に舌を這わせていった。

形良く揃った指に鼻を割り込ませて嗅ぐと、蒸れた匂いが懐かしく鼻腔を刺激してきた。

貪るように嗅いでから爪先にしゃぶり付き、順々に指の股に潜り込ませ、汗と脂の湿り気を味わった。

もちろん朱里は動じることなく、されるままになっていた。

両足とも味と匂いを堪能すると、頼之は朱里の股を開かせ、脚の内側を舐め上げていった。

白くムッチリと量感ある内腿をたどり、股間に顔を迫らせると、ここも懐かしい匂いが籠もっていた。

先に両脚を浮かせ、豊満な尻の谷間に鼻を埋め、顔中で双丘の丸みを感じながら匂いを貪った。秘めやかに蒸れた匂いを味わい、舌を這わせてヌルッと潜り込ませると、

「う……」

朱里が微《かす》かに呻き、キュッと肛門で舌先が締め付けられた。彼は微妙に甘苦い粘膜を探り、滑らかな感触を味わってから脚を下ろした。

陰戸に口を押しつけ、柔らかな茂みに鼻を擦りつけると、ふっくらとまろやかな汗とゆばりの匂いが心地よく鼻腔を満たしてきた。

舌を挿し入れ膣口の襞を探ると、淡い酸味のヌメリが溢《あふ》れて舌の動きが滑らかになっていった。

オサネまで舐め上げると朱里の内腿が彼の顔を挟み、割れ目の潤いが増していった。

そして味と匂いを心ゆくまで堪能すると、

「さ、もうようございましょう。今度は私が」

朱里が言って身を起こしたので、頼之も仰向けになっていった。

股間に陣取った朱里は、自分がされたように彼の両脚を浮かせ、チロチロと谷

間を舐めてからヌルッと潜り込ませてくれた。

「あう……」

頼之は快感に呻き、モグモグと美女の舌を肛門で締め付けた。

朱里も中で充分に舌を蠢かせると、脚を下ろしてふぐりにしゃぶり付いた。

睾丸を転がし、熱い息を籠もらせて袋を温かな唾液に濡らすと、さらに前進して一物の裏側を舐め上げてきた。

滑らかな舌が先端までたどると、粘液の滲む鈴口が舐められ、そのまま彼女はスッポリと喉の奥まで呑み込んでいった。

「アア、心地よい……」

頼之は、温かく濡れた美女の口腔で幹を震わせて喘いだ。

朱里も深々と頬張りながら幹を締め付けて吸い、熱い鼻息で恥毛をそよがせながら念入りに舌をからめてくれた。

さらにスポスポと顔を上下させ、強烈な摩擦を繰り返すと、

「ああ、いきそう……」

すっかり高まった頼之は降参するように言い、朱里もすぐにスポンと口を引き離して顔を上げた。

「じゃ、上から入れましょうね」

朱里も頼之の性癖を心得、言いながら前進して彼の股間に跨がった。

先端に陰戸をあてがうと腰を沈め、ゆっくり膣口に受け入れていった。

たちまち彼自身は、ヌルヌルッと滑らかに熟れ肉の奥まで嵌《は》まり込んだ。

「アア……」

朱里はうっとりと目を閉じて喘ぎ、ピッタリと股間を密着させると、モグモグと味わうように締め付けながら身を重ねてきた。

頼之は肉襞の摩擦と温もりに包まれながら、両手を回して抱き留め、膝を立てて豊満な尻を支えた。

そして彼は潜り込み、豊かな乳房に顔を埋め込み、乳首に吸い付いて舌で転がした。

左右の乳首を味わい、腋の下にも鼻を埋めて嗅ぐと、色っぽい腋毛の隅々に生ぬるく籠もる、甘ったるい汗の匂いに噎《む》せ返った。

包み込んでくれるような、興奮と安らぎの匂いである。

頼之は胸を満たしてから彼女の首筋を舐め上げ、下から唇を重ねていった。

舌を挿し入れると、朱里もネットリと舌をからめ、熱い鼻息で彼の鼻腔を湿らせながら、トロトロと温かな唾液を注いでくれた。

彼もうっとりと味わい、喉を潤して酔いしれながら、ズンズンと股間を突き上げはじめた。

「アア……、いい気持ちです……」

朱里が口を離し、唾液の糸を細く引きながら熱く囁いた。

口から吐き出される息は湿り気があり、白粉《おしろい》のような甘い刺激を含んで彼の鼻腔を悩ましく掻き回した。

彼女も合わせて腰を動かしはじめると、何とも心地よい摩擦と締め付けが繰り返され、大量に溢れるヌメリでクチュクチュと湿った音が響きはじめた。

「ああ、いきそうだ……」

「いいですよ。いっぱいお出しなさい」

絶頂を迫らせて言うと、朱里も甘い息で答えながら動きを速めた。

明日のため、早く寝かせようとしているのだろう。

頼之も我慢せず、久々に味わう熟れ肌を堪能し、そのまま激しく昇り詰めてしまった。

「あう、心地よい……」

　絶頂の快感を受け止めながら呻き、ありったけの熱い精汁を勢いよく放った。

「も、もっと……。アアーッ……！」

　噴出を感じた朱里も声を上げ、ガクガクと狂おしく痙攣《けいれん》して気を遣ってくれたようだ。

　頼之は心ゆくまで快感を味わい、朱里の中に最後の一滴まで出し尽くしていった。満足しながら突き上げを弱めていくと、

「ああ……、良かったです……」

　朱里も息を弾ませて言い、徐々に熟れ肌の力を抜いてグッタリともたれかかってきた。

　彼は重みと温もりの中、まだ息づく膣内でヒクヒクと幹を過敏に震わせた。

　そして白粉臭の吐息で鼻腔を満たしながら、うっとりと余韻に浸り込んでいったのだった。

「さあ、このままおやすみなさい」

　朱里は囁き、やがてそろそろと身を離していったのだった……。


――翌朝、頼之が夜明け頃に目を覚ますと、すでに家臣たちは起きて祝言の仕

度に取りかかっていた。

彼も洗顔と厠を済ませて着替え、日が昇る頃に軽く朝餉を終えた。

菜月は部屋で、乳母の介添《かいぞ》えで化粧と着替えをしているらしい。

頼之は、頼政に挨拶をし、新右衛門とともに今日の段取りを聞いた。

松崎藩の江戸屋敷も近くにあるので、やがて昼前に菜月の父、藩主の正晴《まさはる》が主だった重役と乗物でやってきた。

正晴も、頼政と同年配である。

菜月の仕度も調ったようで、彼女も頼政と正晴に挨拶をした。

そして滞《とどこお》りなく、祝言が取り行われたのである。

すでに国許で仮祝言をしているので、さして菜月も緊張していないようだ。

何しろ頼之と何度となく快楽を分かち合い、すっかり身も心も一つとなっているのである。

三三九度と高砂の謡《うたい》が済むと、あとは酒宴となった。

やはり話題は山賊らしく、国許で隣り合わせの田代藩と松崎藩にとっては大事な問題であった。

二人の美しい素破の活躍も人々の口に上ったが、もちろん茜も小眉も表立って顔を出さず、ひたすら手伝いに専念していた。

まさか国許へ行った家臣たちも、料理を運んでくる二人が、そのときの素破とは夢にも思わないようだった。

やがて日が傾く頃に宴がお開きとなると、正晴たちは帰ってゆき、菜月も正式に田代家の人となった。彼女に従っているのは乳母一人だけである。

日が落ちると菜月は着替え、頼之も交接の務めがある。

我孫子の宿では慣れぬ旅に乳母は眠り込んでしまったが、今宵は見聞することだろう。

まあ、それも頼之が自重していれば、間もなく要らなくなるに違いない。

寝巻姿になった頼之は朱里の案内で、菜月の寝所に行った。

奥の襖《ふすま》の向こう側には乳母が控え、こちら側からは形ばかり朱里が見聞するらしい。

布団の上には白い寝巻の菜月が座し、長い黒髪を下ろしている。

明日からは、奥方としての髪型に結い直すのだろう。

頼之は期待と興奮に勃起しながら、新妻となった菜月ににじり寄った。

すでに二度、交接しているので菜月に緊張の色はなく、むしろ芽生えはじめた快楽への期待があるようだ。

そして互いの帯を解き、寝巻の前を開くと頼之は菜月に覆《おお》いかぶさった。

唇を重ね、清らかな乳房や内腿の間に手を這わせると、

「ンン……」

菜月が舌をからめながら小さく呻き、早くも濡れはじめたようだった。

オサネをいじりながら口を離すと、

「ああ……」

菜月が声にならぬ喘ぎを熱く洩らした。

吐息は桃に似た甘酸っぱい芳香で、彼もゾクゾクと興奮を高め、乳首に吸い付いていった。両の乳首を味わい、その間も指でオサネを微妙にいじっていると、次第に指がヌラヌラと滑らかに動くようになっていった。

頼之は薄掛けを被り、菜月の股間に顔を埋め込み、柔らかな若草に沁み付いて蒸れた汗とゆばりの匂いを貪り、舌を挿し入れて濡れた膣口から小粒のオサネまで舐め上げていった。

菜月がビクリと反応し、懸命に喘ぎを噛み堪《こら》えながら内腿でムッチリと彼の両頬を挟み付けた。

頼之は味と匂いを心ゆくまで堪能すると、やがて身を起こして股間を進め、充分すぎるほど濡れている陰戸に先端を押し当てた。

そしてゆっくり挿入すると、もう菜月も痛みに眉をひそめることなく、

「アア……」

うっとりと喘ぎ、ヌルヌルッと根元まで滑らかに受け入れていった。

かくして頼之は、三度目も無事に交接を果たし、熱い精汁をドクドクと菜月の中に心置きなく放ったのであった。

五

翌日の昼間、頼之は外へ出た。

菜月と乳母、小眉が江戸の町を歩きたいと言うので、頼之も、朱里と茜の母娘《おやこ》を伴い、皆で神田明神まで行ったのである。

「何て賑やかな……」

菜月は目を丸くして境内《けいだい》の人混みを見回し、小眉は興味深げに、飛び回るようにあちこち見て回った。

見世物《みせもの》の手裏剣《しゆりけん》投げなど、自分の方が上手《うま》いと小眉がしゃしゃり出そうになるのを茜が止めていた。そして昼餉を外で済ませ、さらにお堀の方まで歩いて回ったのだった。

やがて日が傾く頃に一同は屋敷に戻り、風呂と夕餉を済ませると、初めて多く歩いた菜月は、さすがに人酔いと疲れで早々と寝てしまった。

だから今宵は、菜月との交接は控えることにした。

そして頼之が部屋に戻って寝巻に着替えると、茜が入ってきた。

「菜月様は、すでに孕《はら》んだかも知れません」

茜が言う。

「何、なぜ分かる」

「昨夜、お世話したとき少しだけゆばりを舐めてみましたので」

「それで分かるものなのか」

頼之は、素破の技に感嘆した。

では国許での初夜か、あるいは我孫子の宿で、すでに命中していたのかも知れない。

「ほぼ間違いないかと思われますが、間もなくはっきりするでしょう」

「そうか」

　頼之は頷いた。彼も菜月も、早々に役目を果たせそうだ。

「それより、朱里とともに国許へ帰るとか」

「はい、殿のお許しを得て、明日にも発《た》とうかと思います。生まれてくるお世継ぎが見られないのは残念ですが」

「それは急だな。名残惜しい」

「あの辺りは、何かと山賊が棲《す》みつきやすいので警戒します。どうか小眉のことをよろしくお願い致します」

「ああ、分かった」

　では、茜に触れられるのも今宵きりで、あとは頼之が国許へ帰るまで会えないのである。

　彼は気が急くように寝巻と下帯を脱ぎ去り、全裸で仰向けになった。

　すると茜も、手早く一糸まとわぬ姿になってくれた。

「ここへ座ってくれ」

　下腹を指すと、茜もためらいなく跨いで座り込んだ。陰戸がピッタリと下腹に密着し、心地よい重みが感じられた。

「足を伸ばして顔に」

　さらにせがむと、茜はそろそろと両脚を伸ばし、彼が立てた膝に寄りかかって両足の裏を顔に乗せてくれた。

「ああ、心地よい……」

　頼之は、美女の重みを全身に受け止め、腰掛けにでもなった心地で顔に乗った足裏を味わった。

　舌を這わせ、指の間に鼻を割り込ませて嗅ぐと、今日はさんざん歩いたので蒸れた匂いが濃く沁み付いて鼻腔が刺激された。

　彼は匂いを貪り、爪先にしゃぶり付いて、汗と脂に湿った指の股を味わった。

　両足とも味と匂いを吸い取っていると、

「く……」

　茜が微かに呻き、下腹に密着した陰戸が徐々に熱く潤ってくる様子が伝わってきた。やがて両足ともしゃぶり尽くすと、

「顔を跨いでくれ」

　急角度に勃起した幹で、彼女の腰を軽く叩きながら言った。

　茜も、彼の顔の左右に足を置くと腰を浮かせ、前進して顔にしゃがみ込んでく

れた。

内腿がムッチリと張り詰め、濡れはじめている陰戸が鼻先に迫った。

腰を抱き寄せ、茂みに鼻を埋め込んで、隅々に沁み付いた汗とゆばりの蒸れた匂いを嗅いで胸を満たし、舌を挿し入れていった。

オサネを舐めるごとに、新たな蜜が溢れて彼の口に滴《したた》った。

「ゆばりを……」

真下から言うと、茜も息を詰めて下腹に力を入れ、

「出ます……」

すぐにも言うなり、チョロチョロとか細く漏らしてくれた。

やはり出すのも止めるのも自在で、仰向けの頼之を慮《おもんぱか》り、勢いも量も控えめにしてくれているようだ。

彼は流れを受け止め、噎せないよう気をつけて喉に流し込んだ。

飲み込むたび、甘美な悦《よろこ》びが胸に広がり、一物に触れられなくても果てそうなほど高まってしまった。

間もなく流れが治まると、彼は一滴もこぼさずに飲み干し、残り香の中で執拗に割れ目内部を舐め回し、ヌメリを吸い取った。

さらに尻の真下に潜り込み、顔中に丸く弾力ある双丘を受け止めながら、谷間の蕾の蒸れた匂いを貪り、舌を這わせてヌルッと潜り込ませた。

「あう……」

茜が呻き、キュッときつく肛門で舌先を締め付けた。

頼之は、滑らかな粘膜を探り、淡く甘苦い味わいを充分に貪ってから舌を引き離した。

「すぐ入れたい……」

茜の前も後ろも堪能して言うと、彼女もすぐに腰を浮かせて移動した。

もちろん跨がる前に屈み込み、屹立《きつりつ》した肉棒をスッポリと呑み込み、舌をからめて温かな唾液にどっぷりと浸してくれた。

そして何度かスポスポと摩擦し、唾液に濡らしただけでスポンと口を離し、前進して跨がってきた。

先端に陰戸を押し当て、ゆっくり座り込んでくると、たちまち彼自身はヌルヌルッと滑らかに根元まで嵌まり込んでいった。

「アア……」

茜が顔を仰け反らせて喘ぎ、キュッと締め付けながら身を重ねてきた。

頼之も温もりと感触を味わいながら、潜り込んで乳首に吸い付いた。

両の乳首を交互に含んで舐め回し、顔中で膨らみを味わった。

さらに腋の下にも鼻を埋め、和毛に沁み付いた生ぬるく甘ったるい汗の匂いを貪った。

徐々に股間を突き上げはじめると、

「ああ、いい気持ち……」

茜も喘ぎながら、腰を遣《つか》いはじめた。すぐにも互いの動きが一致し、クチュクチュと湿った摩擦音を立てながら、次第に股間をぶつけるほど激しい律動になっていった。

頼之は、下から彼女の顔を引き寄せて唇を重ね、舌をからめながら快感を味わった。

大量に溢れる淫水が動きを滑らかにさせ、互いの股間がビショビショになって彼の肛門の方にまで生温かく伝い流れてきた。

もちろん茜も舌を蠢かせながら、トロトロと小泡の多い唾液を注ぎ込んでくれた。彼は味わいながら、うっとりと喉を潤して絶頂を迫らせた。

そして彼女の開いた口に鼻を押し込み、果実臭の刺激でうっとりと胸を満たしながら、激しく昇り詰めてしまった。

「い、いく……！」

大きな快感に口走りながら、ありったけの熱い精汁をドクンドクンと勢いよくほとばしらせると、

「か、感じます……。アアーッ……！」

茜も声を上ずらせて喘ぎ、ガクガクと狂おしい痙攣を開始して気を遣った。

頼之は悩ましい匂いと摩擦快感の中で身悶え、心置きなく最後の一滴まで出し尽くしていった。

すっかり満足して動きを弱めていくと、

「ああ……」

茜も声を洩らし、力尽きたように肌の強ばりを解いて、遠慮なくグッタリともたれかかって身体を預けてきた。

まだ膣内はキュッキュッと息づき、刺激された幹が中でヒクヒクと過敏に跳ね上がった。

「あう……、もう堪忍《かんにん》……」

茜も敏感になって呻き、きつく締め上げてきた。

そして彼は茜の温もりと重みを受け止め、果実臭の吐息を胸いっぱいに嗅ぎながら、うっとりと快感の余韻に浸り込んでいったのだった。

これで茜とは、しばしのやり納めである。

あとは菜月と小眉を、とことん味わってゆけば良いだろう。

頼之は藩政に関わるよりも、今は少しでも多くの快楽を味わいたいと思うのだった……。

コスミック・時代文庫

あかね淫《いん》法帖《ぽうちよう》
若君の目覚め

2024年7月25日　初版発行

【著 者】
睦《む》月影郎《つきかげろう》

【発行者】
佐藤広野

【発 行】
株式会社コスミック出版
〒154-0002 東京都世田谷区下馬 6-15-4
代表　TEL.03(5432)7081
営業　TEL.03(5432)7084
　　　FAX.03(5432)7088
編集　TEL.03(5432)7086
　　　FAX.03(5432)7090

【ホームページ】
https://www.cosmicpub.com/

【振替口座】
00110-8-611382

【印刷／製本】
中央精版印刷株式会社

ISBN978-4-7747-6577-8 C0193